稀見筆記叢刊

集異新抄

高辛硯齋雜著

[明]佚明 著
[清]李振青 抄
[清]俞鳳翰 撰

欒保群 點校

文物出版社

圖書在版編目（CIP）數據

集異新抄　高辛硯齋雜著／欒保群點校．—北京：文物出版社，2017.2（2020.10重印）
（稀見筆記叢刊）
ISBN 978－7－5010－4910－3

Ⅰ．①集…　Ⅱ．①欒…　Ⅲ．①誌怪小説－小説集－中國－清代　Ⅳ．①I242.1

中國版本圖書館CIP數據核字（2017）第013438號

集異新抄　［明］佚　名　著　［清］李振青　抄
高辛硯齋雜著　［清］俞鳳翰　撰

點　　校：欒保群
責任編輯：李縉雲　劉永海
封面設計：程星濤
責任印製：张　麗
出版發行：文物出版社
地址：北京市東直門内北小街2號樓　郵編：100007
網站：http://www.wenwu.com　郵箱：web@wenwu.com
印　　刷：北京京都六環印刷廠
經　　銷：新華書店
開　　本：880×1230毫米　1/32
印　　張：10.125
版　　次：2017年2月第1版
2020年10月第2次印刷
書　　號：ISBN 978－7－5010－4910－3
定　　價：40.00圓

出版説明

《集異新抄》署「中州李鶴林抄」，李鶴林字振青，他在本書自敘中説：「丁未歲（乾隆五十二年）游武林，暇日登吳山第一峰，於故書攤上購得抄本説部四册，攜回披覽，所言皆明時事。」「惜未標書名，未著姓氏」。「余於説部有嗜痂之癖，因細加校讎，不揣固陋，於中之短淺無意，略爲裁汰，庶成善本，爰付剞劂，以公世之嗜閲説部者。」也就是説，李鶴林是本書的發現者、整理者和出版者，連書名都是他給起的。書的原作者連姓名都没有留下。

但從書中所記，我們大致可以知道，原書的作者是蘇州人，活動年代大約在萬曆至明亡這五六十年間。卷五《垢仙》條曾言「今爲弘光乙酉」，南明弘光小朝廷祇存在了勉强一年，此年五月金陵、蘇州相繼陷落，官民潰散，作者有可能逃亡到杭州一帶，這本手稿最後就流散到武林書攤中了。作者出身於官宦家族，但他本人並没有做過什麽官，祇在萬曆二十九年「客閩」，萬曆三十五年「客遊黔中」，其兄正預征苗之役，估計他也就是幕中之賓的角色。但次年他在貴州畢節做了時間很短的地方官。從

《爲亡婦禮懺疏》中可以看出，他人至中年，猶在顛沛困頓中。這時如果是三十歲左右，那麼到明亡時已經有六七十歲，兵燹之中，僥幸存活下來的可能性不是很大。卷三《隱憂序》後按語署「嶺雲」，或是作者的號。另卷三《武后楊太真》條辨女禍之説爲非，自稱「異史氏」。卷四《京娘》條稱「情史氏」。至於作者的名和姓，從書中再也找不到什麼綫索了。

本書的内容基本上是自萬曆至明亡這一段時間作者所見所聞的一些怪異事物。如記奇風異俗，貴州畢節人深信可以用「撈油鍋」辨誣（見卷四《撈油鍋記》），正月燈節三日内不禁男女自由交游，（卷四《鞦韆》），皆爲作者游黔時所親聞見。而記蘇州之「打行」，其神奸鬼謀，已開近代滬上拆白黨之先風，更是作者所習知的鄉梓掌故。另如記京城對縊死者的申報處理，必由里甲報之兵馬司，再報聞巡城御史，驗畢才可解縛，而爲解縛者率爲叫花子。諸如此類，可爲社會學史參考者甚多。

談鬼在全書中所佔份量不大，但頗有不落陳套的可喜見解。在人與鬼的相對上，有兩點值得注意。一是提出了人不僅怕鬼，鬼也同樣怕人。卷六《汪氏妾》中記一書生慕一女鬼之美，及見，「且驚且喜，曰：『世間有如此不怕人鬼耶？』妾亦曰：

『世間有如此不怕鬼人耶？』」二是不僅人看不見鬼，鬼也看不到人。卷八《耳報法》一條中，作者爲煉耳報神，召來故友亡魂，「問：『還識我否？』鬼言：『不識。』問：『何以不識？』言：『不見故不識。我不能見爾，猶爾之不見我也。』」這都是最合情理的觀念，對鬼故事有興趣的人祇要想一想就應該明了的，但看似平常的這幾句，却爲歷來鬼故事所難得見到。

有些鬼故事可以做寓言來讀。卷五《鄭適》條，言三茅真君斷冥案，罪輕者罰轉世作狗，稍重者轉世作乞丐，最重者罰做窮秀才五十一年。入冥旁觀者頗爲不解，按理罪重者應該罰作豬狗才是吧。真君笑道：

人世「六極」，其四曰貧，而士貧爲甚。貧苦百端，苦心爲甚。天下至苦，莫如秀才。而苦中之苦，莫如窮秀才。狗終日囓棄骨，臥地安穩，無負載驅馳之勞。乞子望門投足，猶得以殘汁剩瀝醉臥而歌呼烏烏，無室家升門之累。寒家子偶拾瀋唾，得一領藍衫，便縛筋箝骨，既不能覓刀錐同市井，又不能牽車牛遠服賈，四壁撑形，一寒支骨，欲開口告人，人已揶揄之，不覺面赤神沮，安望狗與乞也？

這一大段話中大約也有作者自己的親身體驗吧，單獨提出，自是名解，衹是後面的故事與此論有些脱節了。

在風雲詭譎的晚明政局中，作者的傾向是堅定站在東林黨的一方。書中最長的兩篇文章，一是卷二的《開讀紀略》，詳盡地記録了天啓六年市民針對閹黨暴行的蘇州民變始末，對蘇州市民捨身赴義的壯舉給予最熱情的讚揚。此文最難得之處，是對事變全程的生動記録，其中自市民及中下層知識分子，還有各級官僚的不同表現和心理狀態描寫得也很透徹真實。其史料的珍貴價值自不待言。另一篇是卷六的《上某相國書》，某相國即天啓首相顧秉謙。此人在《明史》中雖然列入《閹黨列傳》，但僅寥寥數十字，要害之處不過『秉謙及魏廣微率先諂附』一句，真是輕描淡寫，竟似僅一固位保禄的庸人。但在《上某相國書》中，詳列顧秉謙三十二大罪，從居官時期的媚閹亂政，到落職鄉居後的魚肉鄉梓，其毒心辣手令人髮指。由崇禎皇帝主持的對閹黨的清算，很多壞人完全靠輸送金錢逃脱了應有的懲罰，他們元氣未傷，照樣作威作福，所以衹要一有機會就能重操政柄。崇禎末年已經開始啓動了對魏忠賢的平反，如果北京不是那麼迅速地陷落，閹黨上臺也衹是早晚之間的事。弘光小朝廷時阮大鋮的上位反噬就是證明。

在晚明的志怪小説中，《集異新抄》的價值僅次於《獪園》，這不得不感謝這個書稿的發現和整理出版者李鶴林，但他對此書的「細加校讎」却名不符實。書中的錯字很是不少，如渾（揮）淚成雨，伊吾旦夕不輒（輟）聲，口噤舌喬（撟），不堪吾息（媳）箠楚，生綃半擘（臂），槌床難（嘆）曰，一子未暮（朞），問（聞）空中語，曲臂（背）如弓，請（涓）吉委禽之類。這些我們凡屬拿得准的，全部徑直改正，不出校記。

另外，此書我們採用的底本是臺灣新興書局《筆記小説大觀》影印的乾隆六十年刊本，此本卷三《玉蟹》一篇各頁全缺，《蕪湖庫銀》一篇缺前半。責任編輯劉永海先生到國家圖書館找到此書，想用來補完，結果發現，這幾頁也同樣全部闕失。這就很有可能是此書刊行後，或有違礙文字而被抽掉了。而且，原書稿本來就經李鶴林「略爲裁汰」，不是全本了。再有，《筆記小説大觀》所用的影印底本，有不少頁漫漶殘破，可惱的是，凡是這些地方，國圖藏本也照樣是漫漶不清，祇是略好一些而已。我們據國圖本補了大部分殘闕，但尚有一些字無法解決，衹好代以方框。這是不得不向讀者致歉並希求諒解的了。

收入本册中的另一種《高辛硯齋雜著》，最早的接觸是讀张培仁《妙香室叢話》，其卷一四曾摘録該書六則。其中記僵尸而成神的《朱八相公》一則，未在别處見過類似的傳説，算是很新奇的了。後來讀周作人談鬼的文章，好像不止一次地引用此書，也是因爲它有瑰異可喜之處，如鬼『或爲淫厲，漸短漸滅，至有僅存二眼旋轉地上者』之類。

作者俞鳳翰原名承德，字少軒。浙江海寧人。《妙香室叢話》云：「海昌俞石年大令鳳翰，以名解元作令楚南，擅詩書畫三絶之勝。所著有《高辛硯齋雜著》，吐屬風雅而意在懲勸。」下録《某總督》一篇，短小詼詭，却頗爲傳神，或可看出此小册文笔之一斑：

某公爲縣令時，受賄三千金，逼一孀婦改醮，婦不從，自刎死。後某公洊升至某省總督，方涖任，藩臬及道府各員均遞手帖稟見。忽中有署理某省城隍某名帖，某公甚異之，令閽人獨傳見。至則一官着缺衿袍，作行裝，對公曰：「此處非談事所。」遂偕至一静室對坐。城隍徐問曰：「公向得賄逼嫁事頃發矣，特不知其賄係官親、閽人得之，抑公自用？」某公聽聞，覺遍體森然，若霜着背，即謝曰：「向實因境迫，某自用之。」城隍曰：「既用乎？」便喝一聲：「拏！」陰風振窗，紙聲獵獵，城隍杳而某公斃矣。

《高辛硯齋雜著》僅萬字左右，收入《海昌俞氏叢刻》，附於其父俞興瑞所著《翏莫子集》和《翏莫子雜識》之後。此次校點即以此爲底本，並爲諸條加了小標題。不當之處，甚望指正。

校點者

集異新抄

明·佚明 著

清·李振青 抄

集異新抄自叙

丁未歲游武林，暇日登吴山第一峰，於故書攤上購得抄本説部四冊，携回披覽，所言皆明時事。其中鬼神妖祥，種種眩怪，以及房闥瑣細、酒食怒謔，描寫簸弄，不特其事覈實，其詞雅馴，而一片警世苦心，據事而箴規，寓冷語而棒喝，深誠説部中之木鐸也。惜未標書名，未著姓氏，或者早經刊行，板片零落。余生也晚，聞見未廣，未及知其書名姓氏耶？夫説部自本朝張山来之《虞初新志》、蒲柳泉之《聊齋志異》，海内風行，士大夫皆樂觀之。近如袁簡齋、紀曉嵐諸先達，皆有説部行世，而此書獨湮没不彰，不重可慨哉？余於説部有嗜痂之癖，因細加校讎，不揣固陋，於中之短淺無意，略為裁汰，庶成善本，爰付剞劂，以公世之嗜閲説部者。

時乾隆六十年歲次乙卯夏六月

中州李振青鶴林氏識

集異新抄目録

卷之一 …… 一

吴孝子 …… 一

金城太守 …… 二

莫如忠 …… 六

塔光 …… 七

劉尚書 …… 七

村女 …… 八

冰花 …… 九

塲中鬼 …… 九

山塘兒 …… 一〇

蛇胎 …… 一〇

瞽盜 …… 一〇

費夫人 …… 一一

販織兒 …… 一一

鄭見山 …… 一二

龍王 …… 一三

風流帽 …… 一四

伴食 …… 一四

京師花子 …… 一五

鬼奸 …… 一五

君山神 …… 一六

蚊树 …… 一七

啓南詩 …… 一八

王秀才 …… 一九

丈量……一九
朱生歌……二〇
閔氏篋……二〇
狗怪……二一
鬼婚……二一
賈人女……二二
土地……二三
槿筆……二四
顧生……二四
天曹……二五
飯僧……二六
鴞怪……二七
四川鄉紳……二七

卷之二

……二九
開讀記略……二九
陳太守……三五
唐墓碑……三六
宅怪……三七
劉上舍……三八
教官……三九
晴龍……三九
鏡花……四〇
龍珠……四〇
陽小二……四一
赤兔馬……四二
黑虎……四三
靈覺寺供桌……四三

盤門石凳……四四
祈夢……四四
比丘尼……四五
米商……四六
戲術……四七
對句……四八
疫鬼……四九
傳奇……四九
幔亭仙……五一
不孝婦……五五
金叵羅……五五
章秀才……五六
講學……五七
含滋傳……五七
鳳雛……五八
齊雲巖……五九
俞仙人……五九
黄白丸……六〇
販牛……六一
符秀才……六一
雪異……六三

卷之三

……六五
隱憂序……六五
莎衣真人……六九
雷字……七〇
御史……七〇
楊進士……七一

蘇州守……七一
桐怪……七二
蝗……七二
長安二恨……七三
掩骸……七四
武后楊貴妃……七四
柿木……七六
石虎……七六
周大……七七
名醫……七八
雷震……七八
學師……七九
訴鬼……七九
夜合……八〇
地下銀……八〇
鴉異……八二
玉蟹……八二
蕪湖庫銀……八二
緑陰篇叙……八三
來雁……八四
吴縣皂隸……八七
藏金……八七
燭淚……八八
雲間乞兒……八九
驛壁句……八九
傷風……九〇
鬼禨……九〇
諸姓……九一

梅孝廉……九一
吕生……九二
土地册……九二
埋骨……九四
卷之四……九五
徐愈……九五
酒鬼……九六
念佛……九七
撈油鍋記……九八
蠚……九九
琵琶辭……九九
胡孫……一〇〇
唐解元……一〇一
爲亡婦禮懺疏……一〇二
兩廣總督……一〇三
變虎……一〇三
雷神……一〇四
眉語……一〇四
義貓記……一〇五
胡僧……一〇六
石田對句……一〇八
麗山湖村老……一〇九
京娘……一一〇
門子……一一一
鞦韆……一一二
山怪……一一二
四犬……一一三

長髯客……一一三
産猪……一一四
蔣四老官……一一四
食狗報……一一五
異魚……一一六
濯腸……一一七
要離冢……一一八
稱謂……一一八
鍾離點金圖……一一九
鳳凰……一二〇
塲屋……一二一
戲柬客……一二三
梁灝……一二四
陰皂隷……一二五
中涓産子……一二六
周文襄……一二七
東鄰婦……一二七

卷之五

……一二九
大年……一二九
傳國璽考……一三〇
鄭适……一三五
銀象……一三九
霜紫……一四〇
元祐黨人碑……一四一
蝙蝠怪……一四七
梨瘵病……一四八
贋本……一四九

河鈍……一五〇
參幕内人……一五〇
王介甫詩……一五一
垢仙……一五一
某太守……一五三
披麻煞……一五四
摩尼二姓……一五四
劉瑾魏忠賢……一五五
安南國人……一五七
施逵……一五七
神驅蝗……一五九
作對……一六〇
卷之六……一六一
文太史……一六一
癡兒女……一六二
鬼破慳……一六二
鬼怕印……一六四
盜譴……一六五
聖斷……一六六
魍魎……一六六
還金……一六七
子方……一六九
異疾……一六九
上某相國書……一七〇
鬼藥方……一八〇
見怪……一八三
狗精……一八四

汪氏妾……一八六
不退婚……一八八

卷之七

卷之七……一九一
熟稗……一九一
銀變……一九一
瘟印……一九二
春宵……一九三
真州主人婦……一九六
老盜……一九六
蔣伯臨……一九七
葉嵩峯……一九八
葉隱松……一九九
人頭怪……二〇〇
文氏妹……二〇〇
瑞雲峯……二〇〇
馬報……二〇一
唐公子擊賊……二〇二
舊宅主……二〇三
葉氏婦……二〇四
盲道人……二〇四
孝婦……二〇五
茅山進香人……二〇六
洞庭女子……二〇七
乩神……二〇八
玉庵僧……二〇九
鄭生篋……二一〇
雷神……二一一

禿兒……二一一
陸墓……二一二
揚州傭……二一三
陳賢德……二一三
長舌鬼……二一四
冥報……二一五
鬼筆……二一六
鼠婢……二一六
小續……二一七

卷之八……二一九

仁端……二一九
王龍……二一九
種根……二二〇
太歲……二二一
清源捕鬼……二二二
鬼唱……二二三
陸指揮……二二三
龍神……二二四
金駝子……二二五
打行……二二七
鬼嫖……二二九
鵝翎道人……二二九
王恭人……二三一
馬鞍怪……二三一
開元婦人……二三一
虎丘榆……二三二
沈墓……二三三

龍窟……二三四
大頭和尚……二三五
托生……二三五
門神……二三七
陝西試卷……二三八
楊總戎……二三八
威寧家丁……二三九
盜佛像報……二三九
洞庭逸事……二四〇
戚總戎……二四一
褚二姐……二四二
水怪……二四三
少陵寺……二四四
耳報法……二四四
張運副……二四五
韓氏宅……二四七

卷之一

中州李鶴林抄

吴孝子

松陵吴氏，其先諱某者，迎父喪於旅次，貧不能歸，函骨負而行，千里間關，及於彭蠡湖。中流風急浪猛，漸至危殆，同載百餘人呼天請命，篙師釋柁而前曰：「諸君行李中非有異寶，即有穢物，亟棄去，或可免耳。」因遍搜諸客，見吴之函骨，争譁曰：「是矣是矣！」即趨之投水，吴抱泣不肯，争良久，風浪愈急，客愈趨之。吴仰天號呼曰：「吾寧與父骨俱溺，但乞一板，庶幾憑而到岸。」客竟與板縛吴腰，推墮水中。吴負骨浮沉，忽有旋風送入蘆葦中，得登岸不死。回視前舟，飄蕩無一生矣。吴遂徒步歸葬。厥後子孫科甲相繼，至父子八座，稱鼎族云。

金城太守

松陵書生家貧甚，賴館穀以給。歲暮無投聘者，漸至除夕，妻孥寂然相對。忽聞叩門聲，兩蒼頭共一女郎，云是陽羨巨室延師，致金一片爲聘，束修二百兩。生大喜過望，期以燈夕後遣舟相迎，倉卒別去，竟不言姓氏，生亦未及問。既而念其家鄭重乃爾，主人不通姓名，且素無先容，何以致此？疑是誤投。其妻强解曰：「必是村落暴富不識字人耳。」生亦信之。至燈夕，果有畫艦泊河下，前時女郎蒼頭欣然而來。生迎問曰：「某素昧平生，繆辱聘召。昨歲暮倉卒，未敢致問，華門貴胄，願示其詳。」女郎笑曰：「宜郎君之見疑。主人姓宗，金城太守，遊宦未歸，惟夫人治家。一子年十齡，鮮門族兄弟。有中表鄱陽令君習郎君才学，是以令妾輩致聘。郎君至彼，當自悉耳。」遂駕舟行，舟中供具豐潔，復有女郎三人侍立甚謹。信宿至陽羨，過東門三四十里，泛太湖，入一小港，逶迤屈曲，兩岸樹木蒙密，絶無人家。又二十里許，抵一小山下，蒼頭數輩，肩輿以候。登山一二里，遥望甲第巍峨，則宗氏宅也。日漸暝，途中執炬以迎者益衆，列照如星。既到門，見堂宇煥赫如王侯家。下輿，歷門十數重，初不聞主人晉接。坐定，蒼頭百餘人環兩行，生殊跼蹐不自安。久之，聞傳語云：「夫人出。」生驚起，降階以俟。有紅紗籠燈十餘導出中堂，夫人命生升階，逡巡入拜，夫人亦拜，叙辭溫雅，琅琅可聽。言小兒子被病，未能拜見師長，令二女奴掖生就坐。偷目視夫人，年可四十許，端麗凜然。女奴報席設，引生復至一堂，珍錯羅列，目所未覩。生南向，夫人東向，隱隱聞樂聲，不知其處。酒一行，輒有童子皆碧衣朱襪，按拍向席而歌，其歌曲悉所未曾聽。童子十二人爲隊，歌一闋即更之，凡歌二十餘闋。生起謝，遣人送生，復過廳事五六處，有亭池花石，精舍一區，生所棲也。給使小蒼頭數人，床器帷帳及生之被服巾履，靡不璀璨。生駭異如夢。居數日，小郎病愈，展肅復張筵。筵腆如前。小郎坐夫人側，娟秀如畫，時發問，甚慧。罷酒，即撤席間金盃椀數事贈生。小郎日誦千言，過目便了了，但蒐搜古人辭，絶不事舉業。自春徂夏，群書該洽。其贈生已數百金，言歸輒不許。一日中堂宴客，夫人召生佐席。一貴人丰神昂聳，儀從甚盛，把生臂如舊歡。夫人謂生曰：「先生識之否？此吾中表鄱陽令君，薦先生者也。」生但愧謝。令君留兩日夜，與生諧謔歌詠，無所不傾吐，而終不言姓名。既去，生益疑之，爲凝思累日。小蒼頭名荳蔻，最黠，垂髮韶妍，獨視生而笑。因詰其所以，荳蔻曰：「吾以郎君爲解人，乃作此憒憒。吴江去此三百里，豈有巨室如此無人識之者？世寧有與人敦好而不啓姓名者？」言未畢而生色變聲沮，曰：「然則此何地？」荳蔻曰：「君勿問，第隨吾往，當使君見之。」生踉蹌隨之而行，循墻百餘步，聞鐸聲甚厲，遠望數人皆丈餘，各持械而來。生大駭，疾馳數十步，蹄於地。荳蔻追及之，曰：「無恐，此吾家廝役耳。」扶起入傍舍中，而數人者行過其前，或虎頭，或馬牛頭，或四目二口，月下不甚分曉。生方股栗，而一牛頭者持叉入舍中，哮吼若相究索者。荳蔻連叱之，乃去。生大啼，叩頭請救。荳蔻大笑曰：「見此屬猶爾，倘入九靈宫，將怖死耶！」喘定欲起，足軟縮不前，憑肩若醉，唯荳蔻所適。漸見樹木榛莽，路傍一小丘，荳蔻曰：「可止此，慎勿張皇取咎。」乃挽生登丘，盤坐於地。北望有堂宇如官府，堂上明燭數行，夫人端坐，侍女數百擁之，階下儀衛亦數百人，一一形狀怪異，肅然無敢譁。頃之，有衣冠而皓首者百餘人入，拜跪趨謁如寮幕。夫人於堂上略舉手而已。諸人各探懷中牘跪上夫人，夫人受之。諸人出，則有夜叉數十跪聽，夫人頤指，似有所遣，相去稍遠，不辨何語也。去良久，夫人取案上牘翻閲，舉筆或塗或點，或批數字。既而夜叉悉還，驅囚三四百，皆被三木，裸形跣足，纍纍階下。初聞悲啼聲，堂上大聲訶之，皆寂然。生諦視皆婦人，中有生之姻戚，一從叔母，一姑女。方欲問，荳蔻遽摇手掩其口。生注目既久，亦忘其怖畏，遂屏息以聽。頃之，堂上唱名，一一訊鞫，有笞背者，有剜目鬻舌者，有以大鎚築其胸膛者，有引出門外夜叉擘而生啖之者，呼號酸楚，血肉狼籍。復有一夜叉悉取諸婦人，撮其手足，騰擲空中，倏忽而滅。於是荳蔻趣生還，未數步，聞呵殿聲，而夫人歸矣。匍匐還館中，月色西沈，徬徨不敢寐。荳蔻已齁於枕上，不得已，促醒而叩之。荳蔻瞪目良久，曰：「君既見之，當不復隱，此陽阿之神坤英夫人也，主一方悍妬之婦。每月癸亥，各方土地神上其罪狀，視輕重決之。宫中侍女數千，皆人間被冤之女，或妾媵，或前母之女，前姑之媳，或良家子誤入風塵，皆得侍夫人左右。初來時，飲之以通靈散，自然沈鬱消解，性地開悦。一年後得男子身，善地托生。適來庭下所覽，皆其冤對也。」生曰：「閨闥事密，土地安能悉見悉知？」荳蔻曰：「世言神荼、鬱壘，司门之神，雖曲房奥室，何處不有？兼以六癸司命，紫姑掌厠，至於人家先亡祖考，纖悉伺人。婦人不敬父母舅姑，詛駡丈夫，凌鑠婢妾，絶人子嗣，蕩人家産，諸神籍記時刻，每月朔報之土地，安得隱也？」生曰：「汝輩何人？」荳蔻曰：「嫉妬婦人迫脇墮胎，或至數歲毒藥身死，雖是彼性陰險，亦由夙世冤愆，故使給役一年，消彼魔難，還得人身。我輩皆胎損夭折之屬也。」方欲再問鄱陽令君及金城太守，而曙色入窗，叩扉聲甚急，報夫人命召。生皇遽不敢出，則女郎三四人已及館門，挽之入見。夫人盛服而出，顏色黯然，慰生曰：「小儿子本期永托，豈意奴子遂洩機緣，神人路殊，不得久住。君子前程綿遠，後會可期。所有筐將，酬一時教誨之恩耳。」命小郎出拜，各欷歔掩面而别。兩青衣肩篋送生，復從故道抵一湖岸，青衣拜辭曰：「從此可達官道，願努力。」言訖不見。生惘然，賃舟而歸，語之家人，猶未信，啓囊則珍瑰燦然。詢從叔母及姑女，則數夕前一病目一暴卒矣。於是遠近述異。自是生計日豐。其婦本賢，更買一婢，連獲二子。明年應制，再掇巍科。仕宦三十餘年，爲江右制府，行部過鄱陽沮風，望岸上一小廟，因微服登謁，儼然令君塑像也。敬陳牲醴而拜之，移檄郡縣，捐俸建新祠。即日掛冠歸。二十餘年，白晝見空中車馬旌節來迎，稱金城太守候代，無疾而逝。

莫如忠

雲間莫如忠，六歲應試，主司訝其小，面試一破，以《爲政》、《八佾》、《里仁》

《公冶長》爲題。莫應聲云：「化隆於上而有僭非其禮者，俗美於下而有犯非其罪者。」又以「子曰」二字爲題，破云：「匹夫而爲百世師，一言而爲天下法。」

塔光

萬曆丁未二月既望，蘇人於北寺作佛會，繞塔誦佛號，僧尼男女不下萬人。黄昏時，塔現五色光，長亘天，直接月中，夜半而滅。又瑞光寺塔於天啓丁卯七月望五更，白氣光明，冲霧直上。有人於黄昏月下，見塔四面各有一塔，塔上各有光，青紅錯縷、摩蕩若動者。寺之得名。原以寶塔放光，今復見之。相傳塔上燃燈，照見太湖諸水，四五十里内鱗鰭潛匿，漁人網釣希有。今寺僧募燈，一歲中幾半矣。

劉尚書

劉尚書某，究心禪理，年八十餘卒。氣絶之後，忽開目長歎云：「可惜可惜，費却一生精力，墮落某郡城隍！可惜可惜！」言罷復瞑。某郡者相去甚近，劉家人竟詣廟，哭拜神座下。劉於家中復活，歎曰：「非此奴幾誤我事。」後二日乃曰：「已得某王府矣。」遂長逝。是日某王舉子，纔落地，作大言曰：「我是劉總河。」

村女

長洲有一村民，夫妻老矣，止一女，貌不甚佳而頗端潔，年十七，與鄰人子有情。然兩家父母防閑甚密，不得相通。一日偶從墻隙竊窺，爲母所覺，詬罵切至。女不勝羞澀，自縊死。夫妻痛恨，共執鄰家子捶楚之，郎當繫女足，閉置一室中，入城訴官。此子念無端被禍，且恨生時不得一近此女，試引手捫其胸乳，漸及牝户，因解衣貼體，以舌吐其口。抱持既久，不覺興動，遂啓其兩股，跪而淫之。女腹中汩汩作聲，噓以唾津，漸有溫氣，逾時，手足舒軟，竟活矣。既甦，問其故，喜慰交頸，而翁媪已偕兩隸持縣牒至。相與詣縣，縣官薄笞其子而配爲夫婦焉。

冰花

萬曆丁亥春正月，木冰，如瓊枝玉幹，微風一至，作玎璫環珮聲，亦一奇觀也。余家庭中堆瓦數千，瓦上冰隱起成畫，如今之雕漆。一瓦一種，皆花草，工緻無比。是年大水。

塲中鬼

周孝廉，癸卯初塲，四義已屬草，方搆思，忽見數鬼争來戲弄，或抱頭拊背，或搓眼牽手足，一時病作仆卧，口不能言。遂扶出交卷，猶偃息儀門内。鬼復至，戲弄如初。一鬼曰：「足矣。」一鬼曰：「尚未。」乃群聚噓其腦，寒风颯然，頭痛不堪忍。良久門啓，諸鬼扶送至門，出一紙，連書二「火」字以示之。纔出，已霍然無恙。周自念此生無發達理，及次科丙午，竟捷，蓋二「火」字之兆。但所争一科，至爲小鬼所弄，殆不可解。

山塘兒

山塘吴氏兒，七歲，屬對甚工，時有驚人语。漸長漸拙，十七八歲時至不識字，蠢然一傭奴。或言其父兄假之。

蛇胎

崔氏婦臨蓐，卧房外有巨蛇盤踞，百計驅之不得。自黄昏至雞鳴，蛇竟不去，産亦不下。主人以稻叉擊蛇，中其背，房中遂産一女，女背有兩孔，宛然叉痕，流血數日而死。

瞽盗

吴江葉六善捕盗，嘗至京師，遇瞽人行丐，葉尾之竟日。日暮至一僻巷，直前抱瞽人。瞽人了不驚異，徐問：「汝何人？」葉自言姓名，瞽人曰：「已知。」遂捨之。數日後，復從長安市上抱之如前，瞽人曰：「非葉六官耶？我已完汝事。」葉又捨之。既還吴江，啓臥内一箱，得囊，封題云「某月日封付葉六」，中有白金百两，利刃一握。計其月日，政於京師遇瞽人之七日後也。

费夫人

吴尚書子，任俠好遊。嘗泛畫艦十餘於太湖或大江中，載姬妾賓客僮僕數百人，玩物充牣，音樂畢陳，揚帆視順風所適，一日或幾百里。遇佳山水便留，架屋住，興盡復易他所。其配費相國女，有詩寄相國云：「把筆題詩寄老親，繡幃虛度十年春。江西豈是無門第，何必荆溪薄倖人。」

販織兒

吴中販織兒，其中表有舉孝廉者，傾貲奉之。當計偕，以五十金爲贐，竟下第。蹭蹬數科，其後雖具賮，而每科損十金，最後毫無所贈矣。是歲中表登第，乃大悔恨。家有高樓，閉門自批其頰，屈指歷科，每一科加一批，至登第之歲，頓足搥胸連揮十餘掌，頭面爲腫。

鄭見山

浙之日者鄭見山，挾術至燕，年餘無有叩門者。憔悴南還，囊中罄竭，徒步至德州。會大雨涉旬，負逆旅主人錢，無所償，獨坐繩床，念雨止且見索，奈何！乃益貰酒酣飲，擊床叫唱。有物從床後墜，聲砉然。鄭已醉，鼓跌熟眠。及曉果霽，主人持籌促上道。鄭窘迫無聊，忽憶夜來床後聲，姑視爲何物，俯取，則繡囊中白金六七兩。大喜若夢，亟還酒錢，遂得跨蹇。至廣陵，欲渡江，逢故人宦留都者，邀以偕行。因遍謁豪貴，談禍福靡不響應。五六年間，獲重貲。其後故人秩滿，鄭亦移居吳門，稱富翁，而向之算術不復驗矣。

龍王

錢氏子與儕輩課文，推窗遺溺，忽大呼仆地。一日夜始甦，久之乃能言：「初出門，見雲際車馬旄旗甚盛，驚異，欲呼同列共視，已被兩神人下雲中縛去，置之前驅，行空中約數十里。我亦不知爲何神，竊問左右皆不應。一長髯執矛者謂我曰：『此東海龍王，適因叫呼犯節，故縛汝。汝誠無罪，行釋汝矣。』頃之到一處，城府嚴整，官吏紛紜，拜迎一如人間禮。龍王端坐輿中，左右呵衛聲若雷。既下輿，傳言犯節人付本府問。兩黄衣吏驅我行至一官府，人馬喧闐，是蘇州府城隍廟也。候良久，聞鼓聲，兩吏押進，傳王旨。城隍遣吏出，顧左右查簿。一青衣吏從廊下持簿進，曰：『錢某於某月某日本府進香甚敬。』城隍似有喜色，敕兩吏送歸。方入門，見己身臥床上，家人環泣。吏從後推我，遂蹶然覺耳。」

風流帽

馮南谷，吴門博徒，善恢諧。嘗負博錢十萬，丐貸豪門。時王弇州在坐，戲以優人風流帽襲其首，云：「能詩當如所請。」馮即朗吟曰：「天下風流少，區區帽上多。鬢邊齊拍手，恰似按笙歌。」弇州欣然贈十金，一時座客爲充囊而去。明日訪之，室如洗矣。亦稱不倫帽，圍如束帛，兩旁白翅不摇而自動，優之丑净戴之。數年來不復見。

伴食

嚴文靖柄政時，留故人飯，其人椎魯村俗，故作謙退之狀，避席請曰：「須相公入内，乃敢坐，某何人，敢當伴食宰相？」又一參幕索某太史薦牘致御史，御史問太史近况，其人鞠躬對曰：「某公無所不爲。」盖其意本欲言無一事不佳也，御史大笑而起。

京師花子

京師有自縊者，里甲報之兵馬司，司閽之巡城，驗竟乃解縛。其爲之解者率無賴，所謂花子也。萬曆癸卯，有人縊正陽門民舍，官府驗視，越三日矣。其屍忽起，抱持花子，數人擘其手不能脱，兵馬亦驚起。有老人言：「此夙世冤也，須官人親解。」既久無計，兵馬爲一舉手，屍蹶然仆地，花子亦竟死矣。

鬼奸

有一巨室，每夜見鬼投瓦礫，暗中見蓬頭靛面，或聞皂靴聲。其家數延法師，禳之不得。偶宴客，客醉，妄言能治鬼，仗劍突入其室，則一奴與主人之妾交枕而臥，更無他怪。今人家或言鬼，未必非此類。昔人有言：夜飲多奸盜。而畜優伶之家尤宜峻厥防也。

君山神

江右賈人姓梁，不知其名，束貲入滇，當楊酋之亂，劫掠無遺。賈人逃越山谷，間關千里，得達於灘溪。稍稍徵其餘逋，得百餘金，復涉洞庭而下。日暮搔首踟躕，情緒甚惡。忽有巨艦駕帆而來，湖中大盜也。一人橫矛艦首，竟刺賈，賈躍起奪其矛，盜出不意，虛足墮水。復有一盜挺而前，梁已奪矛，猶倒持其柄橫擊盜矛，矛飛起，亦墮水。於是連刺六七人，皆披靡。同載十三人，其中有膽力者乘勢跳賊舟，悉縛諸賊，奪其器械。而初時墮水盜善泅，拾得江中墮矛，扶舟而上，勢甚兇猛。梁賈獨與鬬，中其臂，共前縛之。盜死者五人，被創者七人，盜首及被縛者六人。群賈方悸而慰，熱酒勞梁賈，賈惛然袒而卧。盜首嘆曰：「吾爲盜二十年，今日遇敵手。」梁起而搓目瞪視者久之，忽長笑曰：「自吾爲賈亦二十餘年，目不識戈戟，手不閑擊刺，一孱夫耳，適來事豈其夢耶？」群賈未信，相與捉其臂，果筋緩肉舒也，益怪異。梁熟思曰：「是矣。吾平日敬奉君山之神，夜夢以鐵鎗授我，當是耶？」群賈齊賀曰：「是矣。」共稽首君山神而悚然。於是共議聞之官，或言殺之便。盜懇曰：「吾既被縛，死無恨，但吾舟中頗有蓄，願以贖旦夕之命。」群賈曰：「可。」搜其舟，得三千餘金。群賈曰：「今日之賜，梁君之力也，當盡歸之。」梁曰：「此神貺，且微諸君，吾力不及此。願均之。」相讓未久，一人曰：「盍以半贈梁君，半歸諸君？」衆稱善，分其金，將釋縛而去。復一人曰：「未可，盜心叵測，倘釋而前，吾輩無噍類矣，不如殺之。」梁賈曰：「得其金而復殺之，不祥，莫若沈其舟，縛賊置之岸，可兩全。」群賈益喜，破舟而水不入，細視有複板，藏珠寶黃金無算，懽呼過望，共計萬餘金，梁賈竟分其半，縛賊揚帆而去。七人縛至黎明，遇邏船，自稱客子被劫。邏卒疑其不類，送之岳州。先有縣尉獲賊三人，共候於門，則其黨被創者也。當沈舟時，見其創重垂絶，悉置之舟尾，尉因并舟獲之。其四人已死，驗舟中餘物兇器，不鞫而服。歲己酉，余自黔歸，阻風岳陽樓下，鄰舟汪生話其事。

蚊树

江南有蚊树，四五月間皮裂，蚊從中出。往時見於雜説中。偶行野，見樹上有包如豆，剖之，一蚊飛出。問之野人，皆不識其名，豈即所謂蚊樹耶？為南人不能如稽含辨南中物，如此樹者不知其幾矣。樹不甚大，葉似枇杷。

啓南詩

《詠田》：「昔日田為富字足，今日田為累字頭。拖下脚來為甲首，申出頭來不自由。田安心上常思想，田在心中慮不休。當初指望田為福，誰料田多疊疊愁。」《題石牛》：「一拳怪石倚山前，頭角峥嶸勢儼然。苔蘚作毛因雨潤，藤蘿穿鼻任風牽。生来不食堦前草，喚去難耕壠上田。笑殺牧童鞭不起，笛聲空弄夕陽天。」或言祝京兆戲題村兒姓石者扇頭，或言京兆與唐解元聯句，得鹽使者千金，為長干酒資，一月而盡，皆未有據，然詩句實不類啓南。又《詠海蛳》：「海味何曾數着君，也來街上買聲名。千呼萬喚不肯出，直待臨時敲窟臀。」吴士有善丹青得名，邑侯邀請再三，不能致，怒而笞之，以此寄嘲也。

王秀才

秀才妻善病，卜言城隍見罪，祀神果愈。數日復發，卜如前，最後言判官吏卒一一索食。秀才甚貧，欲祀無所得，妻病愈困，不勝憤，乃爲祝文詣廟焚之。恍惚見神若動者，左右持梃索有見執之狀。秀才大駭，馳至家，即昏眩作呼號乞命聲，兩脛忽自青腫。妻孥扶上床不得，倩鄰人至十餘，重不能舉，相率叩頭請罪，良久乃平復。是後妻不復病，而秀才日奄奄就枕矣。秀才之叔某，余識之，嘗詢其文，亦不甚異，特自稱「大学士王」，其爲神譴宜哉。

丈量

江陵相公行丈量田地法，吴中有詩云：「量盡山田與水田，只留滄海與青天。如今那有閒洲渚，寄語沙鷗莫浪眠。」余舅家有虛糧數畝，縣官鞭笞無算，累歲不償，至是始得蠲息，則此法安可盡非也？

朱生歌

有巨室子，夜半大雪，忽憶與朱生度曲。朱生相距六十里，輕舟造之，天明抵其家，朱猶蒙被。徑登床，就枕上求歌。朱方苦宿酲燥渴，覓湯不許，披衣作歌，歌竟便出。此亦不減晋人風流，何必其人之合也。

閔氏篋

苕之巨族閔，主人死而無子，其嫠慮族人之奪之也，襲橐珍重爲二十篋，寄於妹某家。年餘事平，歸其篋，盡易以瓦礫矣。嫠不勝憤懣，即時中風而瘖，數月而死。死之日，妹亦得疾如其姊，數月亦死。所匿閔氏物藏於一小閣，家人不知，即諸子亦不知，獨長女知之。請之諸兄曰：「是二十篋者，母氏敝衣也，願以畀我。」其家亦巨室，不問，盡付其女。女歸於徐氏二十餘年，得暴疾，私蓄數萬，姻婭竊取無遺焉。

狗怪

陸墓卓生，淩晨入郡，同載有好婦，生屢挑之。婦初漠然，將達岸，笑謂生：「子行似有憂色，何也？」卓實以輸租無措，因以情告。女探袖中，得銀三四星，并以二燒餅贈之，期以明日會於此。卓大喜，啖一餅而懷其一，殷勤謝別。至縣出金，乃一石塊，餅則乾狗糞也，遂受笞而歸。訪其地，相傳有狗怪云。

鬼婚

海虞譚氏小婢，十餘歲，嘗見一老嫗長尺餘，白髮婆娑，自地下出，向婢語甚狎，他人不知也。其主翁偶見之，驚問婢。婢曰：「此從東墻脚下來，與兒往還數月，每月暮輒以菓物相啖。」主因教其婢，來便堅持之，執利劍潛俟暗處。日暮，果捉其前裾，揮劍寂然，惟灑血滿地，餘少頭髮而已。夜半有老翁自地出，哭云：「殺我妻邪！如兒女何！」地下聚哭聲甚哀。既聞老翁曰：「吾親兒女六人，寄養三人，皆藉吾嫗，今死，無别尋配。某處某人却好也？」諸小鬼亦啾啾哭曰：「爺繼配良是，但恐新母虐我輩，我輩須先自配合，明日便當治酒，所需梡楪，當復溷主人家。」至暮，老翁復出，從婢借梡楪。主人試與之。及夜，鼓樂喧闐，笑語聲不絶。主人尋其穴，爇沸油沃之。群鬼大笑曰：「吾家新造門，政須油也。」復取巨木支其穴，三四丈未窮其底。又聞鬼曰：「塞却前門，當另闢後門耳。」於是地下一時鑿小穴五六處，掘地視之，空洞無所有，竟不能誰何。然亦無害，聽之而已。

賈人女

某賈年六十餘，一女年十七，忽遇祟，每夜至，接淫窸窣有聲。一鬼既去，復引十餘鬼遞狎之，女宛轉啼呼，徹夜乃止。百計不能禁，延得遠方法師，方入門，鬼便作人言曰：「我二十年冤對，何得禁吾？」師問何冤，鬼曰：「吾與此女之父同爲商。吾病疫死，彼既匿吾財，又淫吾婦，吾是以報之，非爲祟也。」師又問：「冤對止汝一人，何得更引群鬼？」鬼曰：「吾一人不能雪憤，倩同輩共樂。今法師到此，吾不能復來，當挈此女往。」數日女死，賈人亦死。

土　地

傭書某，於某胥家寫田册子，每暮歸過小渠，横石爲橋。偶見石上有「當境土地」四字，其人便以十錢僱人，舁石立之土地祠，更以他石作橋，再拜祠下而去。及抵家，便抱病，見二鬼卒縛之，言土地譴怒。於是享以一雞，焚楮錢數束，病遂愈。復詣寫册，某胥詰知其故，共戲笑云：「作神明昏悖乃爾，何不訴之城隍？」同儕少年便爲作牒，竟詣廟焚之。是夜傭暴卒，一日夜乃醒，云：「有二皂隸追入城隍廟，庭下先跪一老人，白鬚而囚服，乃土地也。城隍據案推問，土地辯不知，是部卒生事。城隍怒曰：『豈有神不禁其下吏？』笞之二十有五，頓首服罪而退。既謂傭曰：『小民敢告土地，發陽官責十板。』驅之出門，至家遂活。」後三日，犯縣官節，笞之如其數焉。

槿　筆

王文成謫龍場，削槿枝以代筆。頃歲讀書齊女門外，野多槿樹，聊復效之，頗能作大字，但不圓耳。文成削槿有法，載《黔記》。

顧　生

小家婦爲神所憑，數言禍福，夫恚甚而不能禁也。鄰有顧生，攜《周易》詣其家，竟擲婦面。婦拾取，反覆數葉，從容置案上。生又寫「正」字十餘示之，婦又笑而還生。生赧然退。其後年餘，有神降其家，絳袍金幞，若有叱咤擒獲之狀。又聞屋角鐵鎖聲，神端坐中堂，大言曰：「吾五顯神也。小鬼竊吾名號，淫人之妻，適已擒斬之。寄語顧秀才，莫作面皮預鬼事。」

天曹

徐生某應試還，過真州，入留侯祠，率口稱侯姓名。爾時便覺體中不快，三日抵家，夢兩隸追之，縛置城隍廟西廊。生素崛强，忽見辱，氣殊不平，叫呼稱寃。聚看者數十人，内有吏素相識，死已久矣，因問何罪見執。吏云：「不曉足下所犯，但真州行檄甚急。」語未竟，堂上鼓聲隆然，諸人紛趨就役，生亦驅到墀下。望見堂上官美髯而一目微眇，生乃自通姓名，極言無罪。神忽愀然曰：「乃子耶？」令釋縛起，揖如郡邑待諸生禮，謂生曰：「吾姓高名某，生前宦某地，爲爾祖同寅，有恩於我，常思有以報之。今子冒觸天曹，甚費挽回，當奈何？」因沈思久之，唏嘘不樂，敕兩隸且送生還，復攢眉曰：「吾爲子暫稽一月，然恐終不能解，吾亦且得罪耳。」至家則死已一日，具言其狀。家有老蒼頭言，果有同官高，與大父善，説狀貌無異，遂理後事，一月果卒。友人與生同行者言：當其入祠，更有褻慢語，不止於斥姓名也。

飯僧

支硎山下地名白馬磵，村民吴氏嘗飯僧。萬曆辛亥歲，有胡僧持鉢求施，家人俱出，獨少婦在門内，入厨取飯，僧隨之行，入内室抱持求合。婦驚叫，欲脱不得，止一數歲小鬟馳報鄰人。鄰人三四輩持梃擊之，如振木石，一手抱婦人，一手擘其裩帶。須臾間集四五十人，極力挽僧臂，毫不動，砍之以刀，刺之以錐，乃解，而婦人體無完膚矣。於是併力擊僧，僧一舉手皆披靡，倏忽躍入小池，竟失所在。人自山中來，爲余説如此。其後詢其村民及吴氏之戚，言殊不然。飯僧事果有之，至於抱婦人解裩帶，錐刺刀砍諸駭異之狀，初未之有。因是日飯畢，獨一僧後到，少婦持飯，僧從門内攫得，鄰人怪而毆逐之耳。余因謂人言不可信，并録之以懺妄筆之過。至天啓初年，城中沈氏飯僧，僧衆方集，其女窺於户内，一僧突入，堅抱之，一室大譁，莫可奈何。有老僧爲之環繞誦佛，女之父向僧叩頭，乃釋。女遂病悸，至今昏然若醉夢。則吴氏所記，前一段在疑信間耳。

鴞怪

陳某元旦坐廳事上，群鴉共搏一鴞，竟至其坐。陳怪怒，磔鴞而懸其首，猶張口咯咯作聲。是歲分得外氏千金，家更饒益。有子二人不自飭，至私造太守篆，事覺，抵大辟，距怪事十三年。

四川鄉紳

鄉紳某一子，不甚憐愛，漸至乖異，後遂屏逐不同居。鄉紳者年且七十餘，亦終無他子。其子流落，殆不聊生，謁父同年而泣，自言無罪惡，今念父年老，願一言勸解，得侍養。同年憫之，乃宛轉於父，父初不納，再三乃從之。父子相見極歡，同年亦喜，攜酒榼滿引，屬其子爲若翁壽。父曰：「父子再合，年友之惠，宜先爲壽。」相讓者久之，同年舉杯就吸，便覺神色慘沮，杯未落手而奄然逝矣。鄉紳乃大疑曰：「惡子欲鴆我，誤中吾友。」執子送官訊掠。子訴云：「酒自年家來，盃自父出，斟酒者家之蒼頭，素不識面，雖欲爲逆，何由置鴆？」官不能斷，長繫獄中。梁使君祖堯蜀人，話其事。

卷之二

中州李鶴林抄

開讀記略

天啓丙寅，詔逮故左都御史高攀龍、僉都御史周起元、御史李應昇、黄尊素及吏部員外郎周順昌。時逆璫魏忠賢竊柄，任愛憎爲生殺，緹騎四出，海内騷然。而在端方鯁直，尤惴惴，虎尾春冰，不寧寢食。順昌謁告家居，嘗切齒北向唾駡，又夙著廉潔聲，爲士人仰止。郡有疑事不平事，得周吏部一言，而是非曲直立剖，於是賢者敬服之，而不肖者亦稍忌之矣。會給事魏大中先期被逮，所過郡邑無敢與之通。順昌輕舠候見於吴門，相持痛哭，與之約婚姻、奏酒炙而别去。又同知楊姜，以强項不協於織造監李實，誣奏罷官。故事，内臣無參劾郡邑吏、牟撫按權者。起元爲撫臣，爲之申救，并罷起元。其去吴之日，順昌爲文以餞，感慨淋漓數百言，指斥無少避。以是忤忠賢意，授指新撫臣陰伺順昌短。郡有太史奉母喪於河下，撫臣不出弔，而從其鄰舟謁貴客，以太史方鐫秩列黨人也。順昌戟手而駡，頗聞於撫臣，撫臣憾益甚，媒蘖益深。而順昌絶一切干掫請托，蕭然不事營殖，所居委巷數椽蔽風雨，身飯脱粟，夫人吴生平不識金與珠，惟銀釵一二，一歲中强半在質庫。故久之不能得隙，嗾其黨倪文焕論之，無所據，問同鄉某進士。某進士者筮仕數月，以墨敗，又嘗爲順昌所規，思報復而未有實，乃夜見文焕，摭拾他事，手疏以進，曰：「願見上公，以順昌爲贄也。」順昌遂奪官，人心已扼腕不平矣。而此屬意猶未嗛，必欲論殺之然後快，復追論起元巡撫時稽停上供金錢，并文致順昌等。疏稿既成，使李實署名上之，遣官旗張應龍、文之炳等分逮。其論攀龍諸人及攀龍自裁狀，别有記，不復詳載。詔至蘇，三月十五日也。縣令奉檄至順昌家，舉家號哭昏仆，而順昌神色自若，慨然將出。所知泣謂之曰：「昔孟博屬子數語，千古酸鼻，今觀諸郎君環地牽衣，路人不忍，獨嘿然長往耶？」順昌笑曰：「無事亂人懷也。」顧案上有素榜，徐曰：「此龍樹庵僧屬我書者，我向許之，今日不了，亦一負心。」乃命筆題「小雲棲」三字，書法遒勁，後識年月日，投筆而起，義氣浩然。甫出門，百姓號寃擁送者已不下千人。至軍門，士民狂奔而來，聚而駭且泣者踵相接也。撫臣自度不協輿情，檄有司數易置順昌，一日四五遷。而遠近愈相摇惑，至於填巷塞途，負擔者息肩，列肆者罷市，十百爲伍，奔走詢訪，或議或泣，或怒罵，或搏顙籲天，或買卜推吉凶。垂白村老，泣涕相語：「朝廷何事殺好人？」或又言：「何關朝廷，自是魏太監欲殺耳。」或言：「吾儕小人，何惜一死，不爲吏部請命！」或具呈哀祈上官，或欲趨裝走京師訟寃。有不識吏部面，得一見叩頭如睹祥瑞，其擠塞不前者，從門外呼名再拜，皆欷歔垂淚不忍去，帶星而出，復帶星而歸。自十五日至十八日，通國皇皇，猶赴父母之難也。諸生有識者相與計曰：「人心怒矣，開讀之際，事未可知。吾輩當代爲請，無貽桑梓憂。」乃與二三父老慰百姓曰：「朝廷聖明，君等皆忠義，欲活吏部，當爲吏部計萬全。頃當乞命兩臺，慎毋過激生事端。」百姓皆曰：「諾。」於是皆執香，自吴縣至西察院，從順昌而行者數萬人，哭聲震天，揮淚成雨，縣官馬不能前。日已當午矣，陰雲慘黯無色，同於飛霜，無不人人心動神沮。諸生五百餘人，公服候兩臺於門外，凛凛相戒無譁。頃之，兩臺至，百姓伏地號呼，如奔雷瀉川，轟轟不辨一語。諸生王節、劉羽儀、文震亨等前跪陳曰：「周吏部人品令望，士民師表，一旦觸忤權璫，不繇臺省論列，據刑臣李實風影之辭，遂煩詔使。百姓寃痛，萬口一心，願爲之死。諸生誦法孔孟，所習者名節廉恥。若今日之事，則是朝廷所棄者賢良，所用者邪佞，諸生何顔復列青衿，居污濁之世？明公爲東南重臣，不能回天意而慰民心，諸生竊爲羞之。」言罷大哭。門已外皆哭失聲，下及輿隸，亦掩面悲不能止。撫臣流汗被面，未能應一語。而旗尉勢若虎狼，自内持械揮衆，且厲聲曰：「東廠拿人，鼠輩何敢置喙！」於是顔佩韋等挺前問曰：「旨出朝廷，乃出東廠耶？」諸尉叱曰：「速剜舌！旨不出東廠將誰出？」百姓聞之，皆袒臂大呼曰：「我輩謂天子詔耳，東廠何能逮我吏部！」即拳毆之炳堂下，從者以千計，奪其械奮擊。諸尉久驕横，愕出不意，避堂後。百姓隨之入，勢不可遏。尉二十餘人匿壁踰墻脱走，其一人死焉。撫臣大怖，急麾兵自衛。介士一人舞刀而入，百姓辟易，叫曰：「都爺調兵來，將盡殺我輩！」争擲瓦石如飛蝗，勢復大張。道臣縛介士撻之，乃定。知府寇慎素得民心，諭解至夜深，方稍稍散去。順昌徬徨立久之，無所屬，徒步詣撫臣。撫臣方治饌調藥酒，遣人候應龍、之炳而餽之，無暇可否，問縣令，令置順昌公署中。乃遍索群尉，尉自出長安，妄尊大，謂天子不敢望東廠，何論郡邑，故所至凌轢長吏，剽奪民財，二千石以下莫敢誰何，其視吾民不啻螘蟻也。一旦見詬辱，恇懼不知所出，向人羅拜，但言「東廠累我，東廠累我」。是日也，尉之逮尊素者甫過胥江，將至浙，泊舟驛下，横索供應，强攫市人雞豖，市人争之被毆。行路人皆怒，不呼而集者數百，牽其兩舟燔之。尉皆負傷獨身跳，鴐帖盡失。又聞郡中有變，不敢入郡門，竟乞食至浙。浙撫臣爲諭尊素，遣至京，亦竟不成開讀禮。吴民既憤激，一時蹶張，而後甚悔，慮重順昌罪也，又不測上官意云何，故囂然之形似息，而實人人自危。撫臣十日三拜疏，初謂變出士民，最後分列顔佩韋等十一人，竟不忘情於痛哭之子衿矣。或微言諷順昌：「覆水勢成矣，何徒自苦？」順昌嘆曰：「順昌小臣也，敢引大臣不辱之義以自裁乎？知此行必死，死見高皇帝，請殛元兇以肅清朝廷，此願畢矣。諸君第記吾言，他日爲作傳可也。」取手書别相知，中有云「惟有竪起脊梁，煉成一鐵漢子，期不負知己耳。」乃以三月廿六日間行，人無知者，獨諸生朱祖文策蹇從之，所以左右羅護者無遺力，其後竟以勞瘁，且不勝憤懣，發病死。順昌既行而訛言日起，士民阢隉不安，轉相告語，有言盡洗一鄉民者，至扶攜奔竄，自通津以北，捆載相望，巷無居人，官府禁而愈囂。凡一月愈，始得旨收佩韋等付獄，黜降生員王節、劉羽儀、王景皋、殷獻臣、沙舜臣凡五人。當是時，徐太常如珂力争於朝，故得從薄罰，撫臣意殊怏怏。繇是民奠厥居，不至鳥獸潰，而於順昌庶幾生還之望矣。順昌初就詔獄，京師地震，水發，王恭廠災，天變屢告而逆璫愈肆酷，鍛鍊順昌無完膚。順昌駡不絶口，賊臣許顯純椎擊其齒，齒盡落。顯純自起問曰：「能復罵否？」順昌噀血濺其頭面，罵益厲，因觸石碎首，復送至獄，獄卒顏紫手殞之，擲屍墻外夾巷中，三日乃出。喪至吴，遠近吞聲咽淚，大風拔木飛石，三日夜乃息。佩韋等大哭曰：「我輩死無所憾，願從吏部殛賊幸矣！」咸慷慨就刑。越明年，僖宗晏駕，今上即位，神武天挺，元兇魏忠賢、崔呈秀等寘法，籍其家，元寶至七百萬錠。二兇相繼自縊，詔剖棺磔斬。又逮虎、彪倪文煥等。贈順昌太常卿，廕一子入監讀書，尋賜謚建祠。而諸生王節等亦得還列黌序。忠賢價祠遍海内，其在蘇者，虎丘之南數百武垂成，而奉旨拆毁。吴之縉紳因廢基歛五人遺骸以葬，并峙五塚，樹碑巋然，表之曰「五人之墓」。撫臣者已遷秩還家，對客讀邸報，嘿然入内，客未别而聞哭聲，撫臣暴卒矣。又廣陵士人言文煥白晝見五人嚴裝仗劍，容狀甚厲，馳入中堂，已而旌旗衛從數千人導順昌來，冠服儼然而坐，文煥大懼，率妻孥叩頭祈哀，庭下石井欄自起舞空中，良久墜地，震如霹靂，乃騰空去。《史記》灌將軍事自昔有之，今吏部節烈過將軍，文煥陰賊過於武安，其言當信然耳。抑余深有慨焉，東南澤國中，吴號爲怯，佩韋亦孱然市人耳，生平見縣簿尉，面赤聲顫不成語。一旦臨難，氣雄百夫，搤虎吭而徒手辱之，竟使權璫挫焰，緹騎不復出都門。昔何以懦，今何以壯也！青衿赴義解難，幾及於難，而義卒歸之。青衿初不識五人，五人非藉手青衿，近追葛義士，上不愧陸少保，誰謂吴儂輕薄哉？至於祖文捐軀數千里外，尤人情所難。昔繆彤、戴就、陸績數君子，有慘被五毒而口無異辭者，有托身卒伍以周旋終事者，彼其俠骨勁氣，至今猶在人間，然猶曰功曹所以報太守也。今此諸君，非有不解之誼，反兵之讐，孰羶孰毆而爲此？設使吏部有絲毫之矯僞，諸君有絲毫之顧慮，其孰能之哉？不出二年，其間倚禍倚福，降災降祥，古未有捷而不爽若斯之甚者。虎丘百畝之宫，倏焉畫棟朱甍，使貴游子弟不敢睨於門，倏焉荒塚寒原，使村翁牧豎相過而嘆息。每見破壁棄柱，輒笑阜城之骨不得與五人分一抔之土也。噫嘻！九月霜岸長，芙蓉抱香死。誰不死者？誰得死者？

陳太守

太守閩人，十八歲猶運鋤田間。父爲里役，被縣令杖歸，而怒罵其子。子私請於母曰：「令何人？何能杖我父？」父聞，從床上躍起，復罵曰：「若真奴才，何所知，彼能讀書耳。」子笑曰：「自不教我讀，此甚易事。」五更走村塾借書，伊吾旦夕不輟聲，且耕且讀，遂從師，能文章。明年里選，衣短，接弊衣就之。吏嗤不與卷，竟詣令前求面試。令試一破，稱善，是年補諸生。聯捷辛丑進士，任名郡太守，有能聲。晉憲副，具慶堂上榮封焉。

唐墓碑

萬曆己卯，葑門皋陶村民鋤地，得古銅瓿二，古鏡一，磁器數十事，皆應手破碎。最後得一磚，修廣尺餘，洗出有文字。村民送至余家，乃墓碑也。其前題云「唐故張氏墓」，其文曰：「夫人清河人也，父隱，祖宗秀列，百代珪璋。素有風容，洞閑辭藻，三儀徹遠，四德流鄉。年二八，適於范氏，志氣忠貞，心存孝德。寧期忽奄，永棄蘭房，春秋五十有九，終於私第。以貞元十一年十月十日葬於州北皋陶村劉忻邊，買墳一所，丙首塋禮也。有子五，長士華，次渙等，并號慕莫，逮泣血無追。恐谷陵改移，以記。詞曰：膴膴丘陵，蒼蒼松柏。千秋萬古，空留片石。」文僅百餘字，簡而有致，但不載范氏何人，亦不記撰碑人名氏，豈其文别有勒石者，復節略一通埋之墓前耶？抑前人不能作誄墓語，體要爾爾耶？

宅怪

施秀才買一宅，初不知有怪。一日晨起，覓袴不得，乃於被底得其子婦袴，而秀才袴更在子婦被中。雖甚驚異，秀才素端慤，閨門肅嚴，家人不疑也。至夜索溺器不得，及曉，見廳事累糞具十餘枚，大者居下，小者居上，其絶頂及屋梁則溺器在焉，方知是怪。此後或見蓬首藍面、身濶而短者，或長丈餘如夜叉者，空中作人語，索飲食，小不如意，飛瓦擲人。人不堪其苦，秀才乃設奠爲文以告之。是夜夢一貴人，衣冠儀從甚偉，詣秀才曰：「日承致餽，兼辱華章，是以來謝。僕不能戒其下吏，致犯賢士，深懷愧恧。然僕雖不材，叨鎮此方，值國家喪亂，與將士三千人死難。此宅實爲故第，陰魂所泊，歷有歲年，非生人所得居者。公宜卜居遠避，不然將不利於公耳。」秀才哀請再三，貴人作色指庭下曰：「僕縱能容，奈此屬何？」秀才回顧，見鬼兵無數，披髮厲面，有無頭一手一足者，各持兵憒憒。秀才戰栗，不敢復對。貴人起曰：「與公約三日移居，遲則禍至，無悔。」送至庭，躍馬騰空而滅。及旦，亟謀之家人，徙居以避。徙之前一夕，空中語云：「賀君新居。」擲下一紙，封甚固，内有坊間刻文一首，小紅紙旗四面。秀才秘不示人。後二十年丙午，乃孫登賢書。

劉上舍

上舍某，觀察公之子。力學攻苦，視一第如寄。漸至遲暮，終不得雋，意氣恒鬱鬱不平。其族兄某得暴疾，死三日復活，語家人云：「昨死去見閻羅王，先於廊下候唱名。廊下有大簿無數，堆置架上，信手抽得一簿，開秩便見我家某房弟名，蓋上舍也，大書一生禄數，應二十五歲鄉舉。遂連捷，歷任顯要。四十便得腰金，官八座。壽八十有七。二子俱進士。又於上逐一硃筆勾塗，細字注云：『某年月日犯某罪，削一子。又某年月日犯某罪，再削一子。又某年月日犯某罪，削其壽。又某年月日犯某罪，削金帶。又某年月日犯某罪，削進士。又某年月日犯某罪，削舉人。』大率二十歲左右削奪無遺。至於生平纖失細過，開款甚明。方看畢，王升殿，匍伏聽命。前有一囚，枷杻嚴重。王呵罵甚厲，决杖二十。偷目視之，流血被面，不辨爲何人，然聽其叫號之聲，則儼然上舍。方惴惴自危，忽唱及己名。王問曰：『適見汝弟籍否？汝命盡應死，今暫放汝還，可傳語人間，知爲惡之報。汝弟獲譴甚重，不可活矣。』」遂遍語親黨而死。時上舍應舉，無恙，明年夏，病疫暴卒。上舍，上虞人。

教官

劉御史在旧按閩日，有縣令奏所屬殿最，内一款云：「教官某年老。」御史大怒曰：「後生博一第，不顧人生活，不老何由作教官？」薄其人，竟不□□。

晴龍

萬曆丙戌四月，天氣晴好，四際無纖雲。有二龍蜿蜒空中，鱗鬛爪角無不具見，共戲匹練，下視如帨，其上不知長幾許，亦不知爲布爲絹。食頃，龍自東南至正西，捨練而去。練從空中飄颺，頃之亦不見。時余尚童子，同數百人共見之。後見舊記，大觀間有龍起於錢塘龍山石橋下，天宇澄霽，萬目共睹。方起時，後足挐一石，大於簸箕，半空跳弄甚久，委石徑去。時有巡官庭下仰看，正墜面壓死。於此頗相類。神龍遊戲，人值其殃，豈有所以致之，或一時輕重偶異也？

鏡花

萬曆壬子，長洲鄉民家銅鏡上開花，大如栗，色淺紅似蓮，緑葉似芋，花葉異莖，莖長尺許，叢生。鏡面凡八莖，花三，葉五。月餘而萎，依然銅鏡也。其家亦未聞休咎。

龍珠

孫指揮泛海，月夜泊小山下。從卒登岸樵牧，孫傍舷看月。有物跳躍而前，似兔而大，瑩潔逾雪，見人不驚，伏地向月，良久，口吐一丸，光爍然。孫遽起奪之，遂躍入海。未及視玩而雷雨大至，風浪拍天，船幾覆。孫大懼，知有神異，亟投丸於水，便朗然開霽。山上樵卒還，見白龍拏空而去，向所吐者，珠也。

陽小二

有衣冠子，不欲言其姓名，因行二，爲兒時寄養於陽山太尉之神，故稱陽小二。小二年十七八，便無賴，酗酒使力，淫人妻女，無所不爲。贅於某氏，貲千餘金，不二年而蕩盡，逐其妻。母弟婦某孀居，小二欲謀其産，誣執姦事，賴幼弟得白。小二母死，厝僧寺二十餘年，一旦欲火葬。倉卒入寺，寺中棺纍纍，任意舁一棺至野外，啓視則一鬚翁也，亦竟火之。是夜小二得嘔血疾，貧益甚，獨卧破室，猶日與匪人謀，欲盜孀婦産，心怦怦不遑。夜夢二卒，持牒追之，掖而登舟。舟滿載皆紅白痰，一卒搤其頸曰：「爾吐痰何不報數？」頃之，至一城門，門上横扁金書四字，小二止識其二，曰「攝惡」。門内甲士左右各數百，左紅右白，二卒推小二付紅甲，不受，付白甲，亦不受。政彷徨躑躅，忽聞官府唱名，遂加鎖肘。復進一大門，堂宇巍煥，侍衛森嚴，堂上冕而端坐者不知何神。一烏衣吏自堂趨下，瞪視小二。其人赤髮鋭額，兩目深碧，獰然可畏。小二伏地喪魄。良久，吏叱曰：「且去！」二卒復掖之出，踐荆棘而行，其行如飛，兩足著刺如蝟，哀告稍緩，不許。約十里至家，乃醒。自是病篤，兩脇痛不堪忍。常白晝見鬼，置茶椀於榻前，倏變爲小兒頭。小二亦自分必死矣。復夢一卒偕一人來，前年誤燒鬍翁也，意色甚忿，揮拳罵曰：「惡賊奴，我不耐細作。」拉其脇而去。明日不復痛，而嘔血亦止。小二便自詫曰：「鬼亦無奈我何，何慮我弟，況寡婦人乎？」遍投富人，欲賤售其産。且合券，忽自詣其弟曰：「吾明日某時當死，幸食我。」弟怪其言。小二因具述前夢：「夜復夢二卒索去，受大杖。烏衣吏持白牌判云：『某人限某日某時死。』」弟猶未信，與之醉飽。明日，果死矣。

赤兔馬

毘陵西門壯繆侯祠，塑赤兔馬。有村童戲乘之，遂不得下，至七八人挽之不動，逾時墜地，已死矣。馬生親見，爲余説。

黑虎

蘇州白鶴觀趙元帥前黑虎，甚著靈異。每里中七人獲雋，虎輒夜吼，驗者數科矣。嘗有無賴戲捋虎尾，至廟門便仆地，舁歸至家救活，而右臂已折。亦馬親見。

靈覺寺供桌

無錫甘露鎮靈覺寺鐵椤桌子，製作甚工。嘉靖中，光禄郭君取至家，兩月間火災九至。初不知神之譴也，其後巫者降神，神自言之，乃肅衣冠迎還寺中，而火災頓熄。今桌尚在，或致葷穢，輒病，有至死者，相戒不敢犯云。

盤門石凳

伍相國祠，舊在盤門内，今移建胥門舊祠，去城門數十武。祠前横石，人誤坐或踐之，輒有禍。一方疾病，詣石而禱，不知起於何年，第楮灰盈積，石色焦爛矣。

祈夢

甲午，浙中未揭榜，士子詣于忠肅公廟祈夢，凡數百人。中夜有夢者曰：「神言『今年解元，今夜後至者是』。」至三更，而苕溪士人叩門，既入，詢其姓氏，共説夢稱賀。漸至五鼓，無有人更後之理，士人亦訢訢喜也。既又聞剥啄聲，諸人疑異，或言是虎。苕溪人語虎爲「老賊」，操鄉音曰：「寧可是老賊，弗可是朋友。」共從門隙窺之，則就李譚君，果奪解。

比丘尼

有盛生者，亦舊族，游俠青樓。嘗閒行過某庵，庵中老尼，生所善也，每過必啜茗果留連。是日見生至，笑嗒嗒不能止。生不知其意。尼復鼓掌曰：「兩日作何好夢，令汝快活死？」生問故，尼曰：「後五日可早來，幸秘勿洩。」生唯唯。至日凌晨，遣人邀生，則庵中鳴鐘鼓，頂禮佛號，僧尼麕聚，幾無容足處。生大失望，以其紿己也，稍坐即趨出。尼目之曰：「且吃齋去。」生以尼意在求施，探懷中少金與之。尼捉生手而掐其指曰：「大不曉事人！」生不識何意，徜徉日暮，且厭且憊，欲俟閒遁出。尼即揣其意，挽生入一小房，明燭一枝，桌上酒榼豐美，令生坐，扃門而去，微從門外呼曰：「第啜酒，勿憂寂寞。」生遍視室中設四榻，其茵褥帷帳悉貴豪家物，每榻爇一爐香，氣郁然。帳内先有三少年，各臥一榻，見生來不甚驚異，生亦不敢問。坐更餘，聞笑語啟鑰，尼秉燭引四婦人來，皆治粧澹服，見生而笑。生却避不敢前。尼引生袖付一少婦，睨生曰：「男子漢反作態。」相顧各大笑。三少年亦自帳内出。婦人各挾其一就坐，設酒令，浪謔懽洽。尼起曰：「老物且避。」諸婦亦笑而起。一婦醉呼少年抱入帳。盛生所主最少，尤妖艷，淫蕩靡不至。四鼓，尼開帳進巵酒，門外輿徒雜沓，燈火繽紛，各起整粧。少婦贈生金合子、玉扇墜，惜别登輿而去。生偃息至曉，匍匐歸家，竟不知誰家眷屬。未幾，尼病死，無復後會。偶爲人説如夢。數年後，盛生疽發於項，病彌篤，夢人告藥方，以砂仁殼煎湯洗。如法治之，遂奇痛，叫號三日夜而死。

米商

萬曆己丑，新安商人自楚販米至吴。值歲大旱，斗米百五十錢。計商人之利已四倍，而意猶未愜，請道士降乩，問米價。南極上帝附乩判云：「豐年積穀爲凶年，一升米糶十升錢。天心若與人心合，頭上蒼蒼不是天。」又判：「着火部。」道士未出門，庚中火發，商人之米無遺粒，連棟百餘倉，分毫不燬。

戲術

曲中妓某，有時名，嘗不快於某郎。思有以苦之，祈方士善戲術者，於廣坐爲按摩狀，令引鏡自照，雙眉在兩頰。妓大驚，宛轉悲啼，坐客亦相視駭愕，獨某郎鼓掌欣躍。方士亦佯驚曰：「大怪事，不救且有他禍。」妓搏顙號呼。方士復佯爲推算，曰：「非某郎不解。」妓乃匍伏自稱死罪，即書符某郎手，拂其面，如故矣。

又人家患鼠耗，術士抽簪插地祝之，隨有百餘鼠銜尾而出，遶簪圍走。術士叱曰：「曾齧物盜食者留，否者去。」大鼠二十餘頭伏不敢動，餘一一還穴中，視伏者已死，其家永無鼠患。

又一居士得異人符呪，人無知者。曾有富翁宴客石湖，居士與席，甚不爲主人所禮。時伎樂畢陳，玩器羅列，居士悉將座上物拋向湖裏，至於妓女簪釧，掠棄無遺，舟中人一時手足酸軟，口噤舌撟，莫能禁。居士長揖去。久之乃能言，相顧失色。主人一古鼎直五百緡，其餘杯斝計失千金，而諸妓尤懊憹惋惜，舉座之情況可知。已抵家，入書室，鼎及他器物宛在几上。遣人詢諸妓，各從枕畔獲故物矣。富翁亟遣人迎居士，居士不應，乃治酒自候於門，延置上座，再拜謝，且求其術。居士笑而已。酒半作小劇，折寸許竹枝置道上，人過便拾取，還便擲之。如是數十人，俱言初見金簪，就視竹枝也。又於通衢書地作符，市人皆迂廻而過。有老嫗攜筐來，詬曰：「如此旱，那得積水？」擲石填之，水濺嫗裙。嫗兩手揉搓，都無沾濕，遂躡石而去。他如袖中出菓，地上魚撥剌，墻上牽出大羊，及暗室飛砂石，做蠅頭字於對面衣袖中之類，總之詭幻無實用不足術，然亦能博一粲也。

對句

有自榷鹽提舉轉僉憲提學，戲爲對云：「提舉陞提學，先管鹽，後管醋。」無人屬對。

疫鬼

陸家宰水村公微時，避雨人家簷下而雨不止。推門索坐，見其家六七人悉病，僵卧一室，遂徙倚簷下，雨霽而歸。既數日，有人詣門餽謝，自言是病疫人家，病時一人有三四鬼守之，一家頓有二三十鬼，漸至困劇。忽一日門外傳呼陸尚書來，隨有朱衣二神人捧劍而入，群鬼狂遽，避匿其後。一小鬼問云：「尚書何人？」一鬼摇手云：「是前村陸某之子。」便踰垣穿穴去。須臾一鬼復窺首水竇中，墻外復叫云：「尚在，去！」由是一家得安。公後登第，授御史，有聲。歷任顯官，督兵討平流賊，入爲大司馬、大冢宰，兼吏、户、兵三部尚書，左都御史，總制八省。

傳奇

昔人作傳奇，大都改頭換面，顛倒事實，蓋謂之戲文，原不必其實也。而村翁里媪爲之涕泣嗚咽，爲之瞋目扼腕，又爲之欣榮鼓舞，至於操觚之士亦爲之置品評，示褒貶。

夫品評褒貶於其辭可也，若於其事，不幾於尋夢譚鬼乎？偶於披覽之暇，拈其一二稍著者，以當長夜下酒物，無使霓裳子弟笑爲生客也。蔡中郎母病三年，非寒暑變節，未嘗解襟帶，不寢寐者七旬，廬墓有馴鹿、連理之異。吕文穆父龜圖爲起居郎，多内寵，與文穆夫人劉不睦，并文穆出之，頗淪躓窘乏。及登第，迎二親奉養備至。張子韶九成，擢第之日，嚴君無恙，後以刑部侍郎忤秦檜，謫邵州，乃終父喪，未嘗有弟。王龜齡十朋，第一授紹興府僉判，召除秘書郎，後以吏部侍郎出知饒州，年亦老矣。薛平陽仁貴，子名訥，不名丁山。太宗於貞觀末年征高麗，始得平陽，與江夏、鄂國自是後輩，初不與共事，何至有隙？史稱江夏王好學禮賢，又安可重誣也？自《琵琶》爲詞曲之祖，不復辨真僞，或傳以爲誚王四，亦未知其然。遂有駕言於炎涼之婦翁，不慈之後母，孀嫠淒涼，雁鴻連榜，而丞相小姐苦苦挜人作二夫人，尤堪捧腹。惟馮當世京作富鄭公聟，則真有之。當世及第後尚未娶，外戚張堯佐有女，擁當世到家，出宫中酒肴，奩目巨萬，即以金帶束之，曰「奉旨擇婿」，當世笑不視，巽辭而出。後爲鄭公婿，避嫌，嘗數月不詣政府。韓魏公以爲言，乃一見之。又嘗過外兄，見侍妾，知爲同年妻，即請而改嫁。前事皆堪入戲目，今止作還妾一事，又託言於其父，然猶在影似間也。其他濫觴如明妃作漢后，秦王爲孱主，趙孟稱謚於生前，朱亥救人於夙世，季子有都丞相之號，淮陰有招討使之銜，種種未能具載。要之，人世皆戲，誰假誰真，但得男子不扮破窑生，婦人不扮喫糠剪髮旦，亦足矣。或又拊掌曰：破窑終作狀元，喫吃糠剪髮不失作夫人，切莫扮丑淨脚色粧秦檜，粧孫姑娘，爲座客笑駡耳，更爲之甎然。

幔亭仙

徐季曁弱冠有才華，俶儻好義，而耿介不能俛仰塵俗。嘗游白門，會客長干寺，座有貴人，傲氣淩一座。一座皆寂，季心不能平，語稍稍侵之。客有善季者，目懾季，季益憤見於色。酒半皆起，客有語留侯事，貴人瘖不發。季即席問草書《留侯世家》一通，筆勢飛舞，無一字漏誤，至椎擊博浪沙停筆，引滿擬貴人。貴人瞠目，仰屋而嘻，嘿然者良久，念無以加於季，乃從容及長安大老。季笑曰：「是齷齪者，何足污吾耳。若欲以腐鼠嚇也。」拂袖出門，不及呼其僕馬。於時冬雪初晴，月起林際，向月而步，衣履沾濡，茫不知遠近。既而寒氣漸逼，力亦稍倦矣，遠望白煙一縷起叢薄。又里許，則詣一車門，雙扉未闔，碧衣童子獨枕門外，若有俟。見季而笑，導之入堂，上列燭皎皎。一叟擁爐看書，蒼髮童顏，衣冠整肅，迎勞季甚歡。命童子爲季更濕衣，衣以布袍方履。擘鹿脯，捧酒一螺，酒甘洌非常有。叟曰：「君子夜行良苦。」季稱謝。又曰：「圯上納履事，亦解此意耶？」季悚然，不覺避席。叟即持向看書示季，正季所草書也。大駭拜伏，不敢仰視。叟掖之曰：「已識子心矣，第飲毋多譚。」乃益進果核大嚼。叟揮鐵如意笑曰：「酒興方酣，可無侑席？」以如意擊所坐繩床，俄而香風襲人，素綃女子嫣然拜燈下，手攜紅梅花一枝，妖冶真國色。酒數行，叟顧謂季：「佳客良夜，願留霏玉。」便以紅梅爲題。季應聲曰：「一自東風嫁海棠，全欺絳雪艷群芳。火齊夜照疎鐘冷，瑟瑟朝翻繡幕香。素質豈堪流血淚，纖肌故遣襯荷裳。捲來衫袖燕支妬，惟有明霞映曉粧。」又絶句六首：「芙蓉不耐九秋霜，菡萏趨炎怯晚粧。争似芳菲斡冰雪，忍教杜宇怨斜陽。」其一。「玉盞酡顔夜未央，染成殷膩暈檀郎。多情錯認啼鵑淚，燃盡寒枝識暗香。」其二。「的的丹砂綴玉房，爲要神女漱雲漿。相逢月下驚嬌艷，不是江妃舊日粧。」其三。「燒殘絳蠟裛明光，午夜輕寒擁鷫鸘。不向曉風貪結子，願將丹素對青皇。」其四。「棱棱玉骨倚長廊，照眼横斜月一方。聞道石家舒步障，珊瑚高處散清香。」其五。「玉輦承恩繫臂囊，自憐憨態拂銀床。賜緋迎影開歡靨，不數姚家照殿黄。」其六。詩成，杯酒未寒。叟掀髯稱賞，曰：「寸晷中政自難得，第不免少年氣耳。」令女子按拍歌之，每歌一首，輒浮一大白。觥籌既深，笑語方洽，視庭下月痕，如季初來時不移寸。談及内養修煉，則笑而不答。逡廵欲叩姓名，叟忽輾然笑曰：「徐子仙骨已具，但元精未充，願以素綃奉侍君子。獨不聞霍將軍之於宛若乎？」季作色怒曰：「頃聆元奥，實啓迷衷，杯酒初御，未傾肺腑，何至以淫褻相加？向以叟爲玉府清都之上品，以今言之，直山魈野鬼伎倆耳。腰下恨少魚腸，請以案上如意與君之首俱碎。」抵杯向地，聲砎然，一時叟及屋都無所見，身坐長林下，曙色熹微，啼鳥在樹間而已。心惘然若夢，足虆然若曳，徬徨行里許，聞人馬喧馳，則其家人也。喜而慰問，相失已三日。此地去白門一百八十里，爲雲陽道中矣。「昨夜二更尋至句曲，逆旅有老叟寄椷，具言郎君留此，星馳而來，果相遇也。」詰叟形狀，即季所見。發其椷，題云：「歲丁丑，期我於幔亭之山。」遂南歸，閒居恒注念，不測其爲仙爲怪。二年，復入都，道出雲陽。季留意物色之，會直指使者過，候吏車騎塞途，舁夫迂道行。季從輿中見短垣紅英照眼，亟下，至其所，有紅梅一株，芬芳拂衣袂，玉幹扶疎蔭畝許。時春暮，桃花落盡，此獨含滋吐色若初放者。季心甚異之，徘徊其下，唯見廢址隱隱，頹壁半存，覓土人詢之，皆云不識。一村老策蹇來，言是黄石公廢祠，於是駭然，肅衣冠而拜於草間，襟袖漬泥，低回不敢别。同行者促之，乃去。自是棲心玄旨，籥口鍵精，深自藏其鋒穎。同舍生連榻而寢，夜半聞季室中語琅琅，竊視，異光滿一室。及旦叩之，笑不應。其秋下第歸，不復以功名爲念，放情詩酒間。丁丑，竟以病酒没，或言尸解而托於酒也。没十餘年，閩人附乩請仙，大書季姓名，言爲仙官，治武夷之幔亭山。留詩十餘首，有「寒流瀉出松頭月，曉鶴飛殘嶺上雲」，又「殘棋屢换人間局，釃酒微添海上波」，又「寂寂山腰閒琥珀，年年洞口自桃花」諸語。閩人游於吴，因道其事，相契合。徐之老蒼頭向隨季行者，直走雲陽，冀聞音響，而杳無所見，紅梅亦不知所在，痛哭而返。夫世傳神仙，要眇不可窮詰，季暨之事，亦在有無之間，孰過三山五城而問之？然而勢焰薰人，英雄氣短，傾城一顧，聖賢眉低，誰能不屈不回不亂如季暨者哉？是可以仙矣！是可以仙矣！

不孝婦

江陰縣長涇民家婦，夫死而虐其姑，有所頤指，恐恐然鼻息不敢犯。婦嘗遠出，記期十日餘，留升米於廚，叱姑曰：「與若食，毋費！」婦方出門，有僧持鉢乞施。其鄰與之米而僧不受，堅求其姑廚下米。姑怒而復笑曰：「是絶老婦命也！」僧出弊緇衣爲質。姑以情告：「吾老筋骨枯，不堪吾媳箠楚。」僧强納衣攫米而去。日暮，婦以他故還，索米不得，叫罵迫逐姑。姑漫曰：「僧言著衣愈百疾，特爲娘子留也。」婦攬衣且罵曰：「何物禿驢，能愈疾！」試披著身，遂牢不可脱，須臾生毛角成老牸矣。姑遽牽其手，一手仍爲人形。村巷聚看如堵，有自百里外至者。與之飯不肯食，唯囓生草，非其姑親飼亦不食也。天啓丙寅年事。

金叵羅

嘗聞之，某某二相公侍講筵，諮詢既久，上顧小黄門「先生們甚勞」，命賜酒。内出二金叵羅甚大，其下鐫字云：「門下晚生某進。」某者相公名，蓋以媚巨璫没入之物也。二臣慚懼，叩頭趨出。上目之而笑，未數日予告。草野風聞如此，亦愧於金錢辱於撻市矣。然不傳其名，或是瑾、振時事。

章秀才

句容縣民家女，有神憑之，符咒不能禁。神一日謂女曰：「明日當避章秀才。」其家候之於門，果有秀才章鏞投宿，主人喜甚，殷勤留之，告之故。章長洲人，以應試來，欣然自負，期以試畢復來。章既去，神亦旋至。及其再還之一夕前，神復避去矣。主人固請奉箕帚。章故貧士，且下第，決無留住理，又難於主人意，乃援筆判女臂云「章鏞之妾」，遂歸。是夜神見臂上字，驚恨而出，絶不復來。此萬曆戊子年事。其後章以廣文終，厥女不識爲阿誰妻矣。

講學

張洪陽見湯海若傳奇，嘆曰：「妙才如此，何不講學？」義仍對曰：「正是講學。公所講是性，吾所講是情。」

含滋傳

歲丁未，客游黔中，兄仲方有征苗之役，繫苗之子女以千數。總師中丞將聚圍而燔之，仲力請得免，於是分給諸將吏，而仲得十二人，皆十數歲女子，羈紲累月，劚草根爲食，羸瘠之狀不忍目。既涉旬，稍見膚理，已而漸壯澤，語言狀貌都不異漢人。仲因以兩人爲余旅中伴。其一曰含滋，自言仲家子。苗有九種，此其一也。年十三，眉目秀爽，纖肌細腰，善笑，輾然快人意。同寓友生有鬱疾，每聽其笑，未嘗不飛越起舞。寒夜擁爐，清宵坐月，試教之曲，輒應聲而歌，歌聲遏雲。因度曲，遂能識字。一月之內，中郎傳奇成誦矣。留連荏苒，未免有情，然不及亂也。己酉春，以試事南歸，欲與俱載而不可，慘然爲別，約明春爲相見期。既脂車，贈以九絶句，裂裾而書，中有「西川問玉環」之語，指而問曰：「非韋皐戲文耶？」淚偕語集如霰。自黔及吴將萬里，涉鳥道，泛長江，馬蹄芳草，帆影晴波，髣髴花氣鶯聲，逐琴劍而西歸也。歸未數月，仲亦罷官，含滋病瘵且劇，扶病迎拜，泫然風雨摧花，紅褪桑條矣。以庚戌冬某日奄逝，逝之前三日，凝睇相顧，出袖中絶句還余，掩面無一語，詩竟爲先讖。噫嘻悲哉！鮫珠夜璧，産彼遐譯，胡然萬里，奄茲一夕。黯黯誰招，雲魂霧魄。夢駭降旗，妍銷雹石。未了姻緣，生綃半臂，慧性疇依。月流江白，香留錦字，糢糊望絶，珊珊夜碧。葉底含緋疑笑靨，枝頭綴露啼郎赤。籠中鸚鵡，猶聞子夜之歌；陌上垂楊，不舞當年之客。

鳳雛

朱文恪以少宰家居，鶴産三雛，其一鳳也。初破卵，爲雨淋而斃。五采紛披，猶令人眩目。後十年而公大拜。

齊雲巖

巖在徽州，上奉玄武像，相傳百鳥啣泥塑成，甚著靈異。余兄昔年以進香往，少年任率，意殊不□，既拜，與同侶三人共瞻仰神跡，讚嘆歡喜，獨兄毫無所睹，諦視再三，惟見素壁而已。時日色初落，意目力偶未悉，不甚介意。還坐道士房，飯罷再入殿，而所見如故，凡三返皆然。於是大懼，叩頭趨出。抵家而嫂病，未幾而没。或言像初成時，餘一趾未就，有人穴門竊視，群鳥散去，遂缺。至今他工補之，終不合也。

俞仙人

長洲沈玉岑家僕名俞俊，不知所從來，亦不知年歲，貌古朴，無妻子，冬夏一裘，亦不見垢弊。執役甚謹，掃除之暇，便市酒酣飲，隨地熟眠。或呼之，輒醒，無酒態。嘗於竈下撥火，童子竊窺從火中出小銀餅，次日復然。先以數莖草投火，須臾燦然矣。聞之主人，詢其術，云：「少年時得之方士。」草亦不識其名，處處有之，嘗言是野葼，然他人採用不驗也。於是稱爲俞仙人，而作僕如故。或請其方，笑不應，甚有笞罵之者，亦笑受而已。後十餘年，主人遠出且一歲，仙人曝日庭下，忽云：「郎君今日某時歸，老僕亦將謝别。」至期果然。仙人迎候，頓地不復起矣。

黄白丸

婁東士人某，家貧而性不慧。常黑夜坐深林，冀遇神仙。一日獨行，見藍縷道士注視之，曰：「我仙也，何不拜我？」士人即伏地叩頭。道士問所願，士人具訴其窮苦鈍拙，哀懇甚至。道士出袖中兩丸藥，如菉豆大，一白一黄，以示曰：「服黄則錢帛湧至，服白則能文章，取功名。然子命薄，不可兼得。」士人睥睨良久，奪而并吞之。道士大笑，聲拂雲，騰樹杪而上。士人喜，行未數步，遇一善相者，曰：「異哉，子之神光幾滿於大宅，浸淫而入於司命，殆有所遇。雖然，竊爲子危之。譬敗葉投波浪中，慮子之漂擲而不持也。」士人未及答，遽稱腹痛，不能行，踣於地。相者扶之以歸，喘灀欲死。至夜半，腸中作軲轆聲，叫呼如裂。展側之際，有黄白二蛾自口飛出，而腹痛頓愈矣。

後三四年，從他友至廣陵，遇道士坐藥肆中，掩面不敢正視，疾趨而過。友廉得其前事，亟還訪之，唯有空室。

販牛

萬曆乙卯七月廿四日，雷震金山塔下三人，須臾皆活，其一人齒牙盡落，遍身青黑，但呼腰痛。有識之者，云是淮安人，嘗販牛渡江，牛老不任力者，斲其齒而詭言犢，數倍其息。掖而登舟，腰下尚縛賣牛錢千文，抵江岸而死。其二人無恙。

符秀才

四明有秀才姓符，忘其名。死後月餘，見夢於子，云：「生前犯淫，罰作南城謝五郎家狗，明日托生矣。亟請高禪爲我懺悔。」言訖，一鬼卒牽其項，復有一卒以白皮蒙其首，悲啼躑躅。子叫號而覺，明日訪謝氏，果生狗，通身純白，前右脚淺紅，班數百買之以歸，奉養如其父。狗不食葷，不踐茵褥，聞誦經念佛，便跪伏俯首如懺悔狀。家爲廣作佛事，五六年後食漸減，漸至羸瘠。十年寫經萬部，及放生費凡千餘金，狗於是不食而死。又月餘，其家小鬟八九歲，忽踞坐大言，如秀才舉動，遍召家人，謂曰：「我得經懺福力，還得人身，特到家別去。」家人問：「生前犯何淫行，受此業報？今得人身，復往何處？」秀才嘆息久之，乃言：「我實未嘗犯淫。我昔十八歲，行過嫂房前，嫂方洗粧，指環墮地，顧我拾取。我因拾環置鏡前，脂涴我右腕，嫂取巾拭腕而笑。我因此情動。及兄客荆襄，十年不歸，嫂時時從我笑語，或引手撫我肩，我念倫理不可瀆，常低回不決。然少年難禁，幾至破義。嫂竟病死，我便覺神氣憒亂，次年亦死。死後鬼卒縛我至一官府，庭下先鎖械我嫂，我即時岑岑然頭痛，如負百鈞重，不可舉，兩手據地，已成狗形。牽出門，遇一緑衣官人，我哀告叩頭不起。官人微笑曰：『此子似能悔過，且淫未即真，今已削其禄壽，墮畜生，足示戒矣。姑令到陽間顯知報應。』以故十年來一靈不泯。今得懺悔完滿，還報陰司，將往山東沂水縣趙醫士家爲第五子。十四歲遇大和尚剃度，從此堅修，或成正果。嫂罰三世孤飛鳥，今在富陽江邊作鸕鷀。爾輩各宜虔心向佛，莫學世間僧尼口頭念佛。人間用一文錢説一句話，陰司簿上分明。我去矣。」

小鬟蹶地而醒。余幼時聞故老楊崑南説，正德年間事。

雪　異

萬曆丙辰正月初三日雪，初四、初五日雪，初八、初九日雪，十五日雪，十九日、二十日雪，廿四、廿五、廿六日雪，廿八日雪，三十日雪，一月之内大雪者十三日，每雪三四尺。人家屋瓦上及庭院幽隱處，各有巨人跡長二尺許，或如屐齒，自閶門以西至錫山，在在有之。余親見數處。或言春雪易消，故多□處似人跡，其言似可聽。至言雪有殷紅色者，入手便成血水，則聞之路人而未見也。故老言：成化十九年十二月二十七日，南京大雪，結作崑山玉片，金水河旁有大人跡，一步長一丈三尺，又十餘步長三尺。

卷之三

中州李鶴林抄

隱憂序

延，世胄女，幼學操觚，苦心篤志，謬攻奪纛者業。生之不辰，際棟折榱崩，居纍卵，行朝露，揶揄久矣，寧復郡耶？文英之泣，刖也奚傷，憂痒鼠穴，有可悽喂者。始自崇禎己卯，延春十有七也。流醜猖狂，邑師敗績，哀哀我父母從義而終。延一劍自懷，匿於榻之穴處，幸免難。寇退始出，時神昏目亂，行不知所之。得老嫗余氏道而絶跡，避危至一宅，爲士學宫。適士寇洶洶，若湯斯沸，就燼餘小室，同一婢婦盛氏共匿之。詢其主翁主母，伊泣訴之而哀極。稱長公傅生三麟者，髮亦未髻，儀聰而俊，德厚而溫。閱三朝夕，父子獲無恙歸，果如盛稱。與居十有二日，無二耳一目相及。又母難未逢，愁泣之容盛於色。重其孝且仁，因諸媒氏而婚姻焉。合巹後，易衣而出，并日而食。郎若爲我憐，延以灞陵織衽事慰之。又蓽門圭窬，蓬户甕牖，郎若爲我憂，延以吴江刺頸女誓之，郎嘆服。嘗稱嫂李氏遇寇，弗辱罵而刃死，又姑姊裴氏坐井待危，寇至投入，均面善不置，知郎其教我矣。旬之七日，有報寇復南折。夫婦夜逃，艱於步，扶掖而行，歷溪履泥，會雨下如注，依小谷避之。迨東方既白，歸，恐洩我跡，扳藤絶巃，陟松竹之茂密處，有老君堂而頹其上，闃斷碣，題爲金臺山。時幼夫幼婦，危坐窮嵸，弱柔其質，金玉其躬，雖驚憂百出，喜雁序鴛行耳。因以石畫節，封姑射竹義，擁蘭台松於門左右，候夜之始歸。郎因感寒，困臥竟日，稍愈，踉尋母難，朝去暮入，直而若倨，恐不侔於亂。嘗諫之，謂老子之微明，柔弱勝剛强，且江海之能爲百谷宗者，以其善下也。更錦美可製，憂苦深心，口口相傳，凡敬以相接，恩以相待，所謂天而地之、日而月之者，僅六十有四日。每計歸里，以翁理州務羈之，方胥以寧，忽從翁征固陵，牽衣而泣，若已弗克見者。去之又日，二舅無良，包藏禍心，假寧我焉。亦知嬰兒之作，虎狼至則靡耳，否則禍必先我夫。與其禍夫而後死，孰若就死以遠夫禍，遂訂盛氏，決之三日，生號泣而去。及抵，姈氏少不爲禮。延初喜，意以途窮遇我者，明日忽筵設中堂，畫屏圍褥，驕有富貴。延羞目之，又奇我容而錯我遇。延面斥之，俄而莫喪羊舌，謂有十二歲妖狸欲奪我也。嗚呼，天地神明，臨之在上，質之在傍，先以時之不易，與我傅郎共艱危，同患難，許以玉碎，誓弗瓦全，污言一耳，六根難昧矣。時太阿手出，矢必刃其子，碎其屍，以謝我夫，不濟則以死繼之。妗氏知不可强，旋忌我危，送子之江右。抑知禍我夫婦者，鬼神實不逞，赫赫烏流，豈容東渡，妄意妖狰，沙沉其肉矣。既越厥命，以自取戾，覆宗絶祀，不亦宜乎？妗氏聞報，不懲其心，乃執我讎率，蹌蹌鳥獸，戈戟而前。然憂雖未平，其結少解。於其時不惜剖心，寧辭碎首，爲一劍自奮，群妖立散而謀復沮。繼此而舅氏妗氏淪胥以亡，所謂積惡在躬，猶火銷膏也。長妗洪氏，撫我而居。洪妗幼嫠，亦重詩書、尊節義者，但少邪佛氏，嘗憐我而信陽文，憫我而疑謝韞。延自知非幸，既生不爲喜，即死亦何憾，區區髮膚，又何愛哉。俟結髪人，見郎面耳，雖嫠也緯恤，苦申詞涓，人爲啣涕飲淚。襄洪妗於金台山之絶頂處，重修老君堂，創造救苦大士、文昌帝君，兩廊舍四壁牆備舉焉。又諦度幼女四人，俱静正端恪者。延每欲往，妗屢止之。於庚戌初夏，妗病甚。至念八日，值郎辰，延夜泣至子，有女魅數輩，形狀獰惡，衛一麗姬，前嘻而曰：「阿妹識我耶？汝直烈少過，性真塵緣，七九爲期，七七爲劫，日之至矣，何泣爲？」延素不喜魅，叱之而去。踰再夕，洪妗病殞。延無所主，金台去決。甫抵其麓，群從驚喁。時静女侍我右帳，而曰前有虎矣，果其咆哮非常也。

窃謂虎之所朘者野猲犬獭媚狐耳，延事翁非孝養我肉，無當於夫飲我血，三十年來，螻屈少伸，五内憧愔，餐爾一飯耳。虎再顧而西，遂獲陟其頂焉。甫二日，三舅屢書復我，辭之不獲，因俚言謝絶：「飛瓊莫啖天台賦，班好何嗟紈素句。白骨寧堆漠漠沙，丹心已向遲遲路。長空端妹悲岐離，岸畔姚姬泣哀慕。三日故人瑶草期，蕊宫也極歸緯嫠。」自是舅不復復，而山居始安。憶昔夫婦初婚，育恐育鞠，乃不活不信三旬餘矣，悔岐期三日耳。然夫之孚我者必其死，所以弗我跡我之弗死者，果其報所以無夫愧。不得已而棲跡隱深，寓形幽絶，已知生不逢夫矣。悲夫，六十日夫妻塵緣斯世，三十年涕泣哀慕，今生筆之於石，語我夫婦也，更以語萬萬世而爲夫婦者。辛亥二月上巳日，金臺汪氏小字祐延。

原本有武林姬貽某夫人書。按武林姬即小青也，此書見於説部雜紀中者已成濫觴，因删去，補入《隱憂序》一則。其幽貞節烈，較小青之情思纏綿更覺可歌可泣矣。

此序載吾邑志乘中，文義缺訛斑駁，而冰肝雪腸，隱隱隆隆於硬語棘字之中。第年久板片浸蝕，恐有魚魯豕亥之訛也。謹照原本抄付梓人，意在闡幽，故不敢妄爲增易一字云。乾隆乙卯長夏嶺雲並識。

莎衣真人

蘇州玄妙觀有莎衣真人肉身，戴笠披莎，兩手抱膝，若存神返息之狀，儼然如生。嘗讀史，宋紹興末有莎衣道人何中立，治進士業，自朐山來至平江。白衣襴，乞食於市，市人稱爲狂生。恒止天慶觀中。久之衣益敝，緝之以莎。偶臨池見影，豁然大悟。便終日静坐，寒暑一莎衣，不飲不食。人或貽燒豬，噉之至盡。自後日有餽者，輒噉十數斤。與之酒，不沾一滴。孝宗夢有莎衣而跣者哭弔殿内，自稱「臣蘇人」，月餘而兩宫繼没。因異前夢，以語中官。有從蘇見之，具奏形狀，符夢，於是遣使迎召，不至。嗣太后夢道人求衣，遣使馳賜，而一夕前端坐逝矣。距今五百年，靈爽猶昔。郡人疾病者，請莎一莖，煎湯飲，立愈。而治痢尤驗。請竟，復易新莎，一月之内常三四易。

雷字

萬曆丁巳六月初九日，雷震吕丘坊姚醫士之妾，背上書「纙（左纟右覃）訶」二字。里許外有大銀杏樹同時被擊。後二日，婦人就木，兩手握拳，各得一銀杏。又擊一老媪，半日而甦，其家器皿悉成灰粉。又王太守家旗竿木，自尾至杪，縷如爪痕。有魚婦避雨坐其下，雷從衣裏穿出，不聞有聲。

御史

御史某謁閣下相公，盛氣言同列某御史之短。相公初不應，徐慨然曰：「知人固爲難，某御史稱公盛德。」其人大慚而退。

楊進士

進士病垂死，家人祈禱備至。楊夢神語云：「受君厚享，政自不能歉然。鄰人某與公同名，或可相借。」是夜鄰人果無病死，且死謂其妻曰：「吾無罪，不應死，行訴之上帝，汝慎勿燬我屍。」楊聞之而懼。或教之捨身爲僧可免，遂祝髮留鬚，以一金贈鄰婦，焚其棺。三日後，魂果還家，罵曰：「吾訟得理，當復活，安得吾屍？」大哭出門，即日進士死。

蘇州守

吳文定爲少宰時，蘇州守入謁。首問沈石田先生，守茫不知對。文定曰：「太守一郡主，郡有賢者不知，餘何足問？」

桐怪

余之姻家廳事前兩梧桐，數十年物也，形家言不利於主人，遂薪之。是夜門前僦居人，見白猴蹲寢閣上，聞人聲轉入他舍，鄰里共驅逐，至梧桐根下而滅。遂附語於小女子，言：「是白猴神，久棲此樹，今被伐，無所歸，願送我前巷園裏去。」主人掘地尺餘，得石礎，方廣尺餘，瑩皚如雪，具醴送之，一日夜而女子平復。

蝗

天啓丁卯，秋稼既實，未登於場，有蟲如蠛蠓，聚噉於根，頃刻黄萎。吴之民咸被其毒，而東北爲尤甚。吴山下老農布石灰而淹之，男女七人同日死，於是鄉民相戒不敢犯，若有神司之者。食根曰蟊，正是物也。螟食心，蟘食葉，賊食節，蟊食根，吏冥冥犯法生螟，乞貸生蟘，抵冒取民財生蟊，總之曰蝗。今歲建僞祠，一二無賴冒取，郡中縉紳以至素封之家無敢抗，壞良田，掘人冢基，石柱過雲，畫棟鱗錯，至於上供金錢，牟於群小，咎徵所感，有由然與？蝗字從皇，今其首腹皆有王字，未燭厥理。或曰旱歲魚卵化爲蝗，故《詩》曰「衆維魚矣，實維豐年」。又云蝗飛便交合，數日産子，狀如麥門冬，日以長大，又數日出如小黑蟻者八十一枚，便鑽入地下，來年八九月禾秀乃出生翅。若臘雪凝凍，入地深，不復能出，俗傳雪深一尺，蝗入地一丈也。又云蝗災每見於兵後，是戰死士寃魂所化。嘗見步蝗吏卒，群呼聚噉，毫不動，一鳴金鼓，輒聳然若成行列，沴氣所成，當或然耳。螽斯似蝗而小，一母百子，乳於土中，深埋其卵。《公羊》蝝以記災，蝝即螽，言災，亦蝗之類矣。美后妃不妬，是以多子。

長安二恨

吴門馮先生謁選京師，謂人言長安道中有二恨：遍地烏紗，觸鼻糞穢。獨我窮經一生，因一頂教官紗帽，候缺年餘，未得到手。不若猾胥市儈，朝謀而夕榮，一恨也。偶從道旁痾屎，方解裩，卒遇貴官來，前驅訶逐，至兩三衚衕，幾污裩内，二恨也。聞者絶倒。

掩骸

秀水朱孝廉設募掩骸，前後以萬計，躬其役，無問寒暑。嘗獨行，見道傍枯骨，懷之以歸，裹而埋之。於是語兒以南數百里內，無暴露漂流之慘。又奉佛放生，目之所遇，力之所及，無不全活者。壬子試，夢入一官府，從耳門走堂下，主者端坐森嚴，起而勞問曰：「爾朱某耶？今秋未當中式，以子陰德甚大，奏補四十九名矣。」辭氣殷勤，甚懽。出門有黑衣官人，從吏抱案，自左門入，見朱却立，語吏曰：「此生爲上帝所重，幸見之，敢不肅？」遣他吏送還。夢後三日放榜，名次不爽云。

武后楊貴妃

貞觀十一年，以武氏爲才人，年十四。二十三年，太宗崩，武后爲尼。永徽五年，以才人武氏爲昭儀，年三十一歲。明年立爲皇后，子弘生三年矣。弘道元年高宗崩，后年六十歲。臨朝七年稱皇帝，改唐爲周，又十五年中宗復辟，遷太后於上陽宮，凡十月而崩，年八十二歲。中宗景龍四年六月，臨菑王隆基討韋氏，封平王，立爲太子，年二十六。睿宗太極元年，傳位於太子，明年癸丑改元開元。開元七年，楊氏生於蜀。二十三年十二月，册壽王妃，楊氏時年十七。二十五年，武惠妃薨。二十八年，度壽王妃爲女道士，號太真，召入宫時玄宗年五十七，太真年二十二。天寶四載秋七月，册太真爲貴妃。十四載十一月，安禄山反。十五載丙甲六月，幸蜀，貴妃死於馬嵬，年三十八。肅宗即位於靈武，尊帝爲太上皇。至德二載丁酉，上皇還西京。上元元年庚子，李輔國遷太上皇於西内。寶應元年壬寅，太上皇崩，年七十八。異史氏曰：武氏不能亂唐，高宗自亂；武氏也雖亂唐，未嘗亂天下也。唐祚之得長，武氏繫之也。中宗非令主，韋氏多失德，房陵無異於桐宫悔艾，不終於允德，武氏不帝而誰帝乎？二十二年之間，使環海恬波，金甌無恙，吾知中宗之不能辦也。讀檄憐才，懷耀戒客，魏元忠以廷辯赦，狄仁傑以忠鯁任，張柬之以片言進，非聰明命世之主，其誰能之？向使天促其年，相從於乾陵之下，韋條煽禍，烈於鸓鵡，不知李氏百年社稷作何面目矣。蓋中宗之闇弱甚於高宗，韋氏之才略不逮於武氏。高祖、太宗，或陰壽之，以待臨淄之壯，挈天下而還之子孫，彼中宗者，爲之傳舍而已。周興、來俊臣之徒，不過吠户司警，假爲翼而未始恃爲磐。是以告密雖煩，未嘗殺一名士。至於赤族未加，蒼生憤洩，固已燎然。其爲大憝，而凡宗室之屠裂，私門之寵倖，皆此輩羅織諂媚成之。出撾馬之辣手而甚焉者耳，何嘗亂天下，亦何嘗亂唐也？太真特以貌見寵，未聞陰謀遠略過於男子，設宰相非林甫，邊帥非禄山，何至雨泣鈴霖，香銷繡襪，波翻太液之戲，虐煽驪山之焰，豈深宮被底一致斯耶？吴信宰嚭而西子沈寃，唐任安、李而太真蒙慘，爲之掩卷稱屈。

柿木

拙政園灌畦叟爲余言：柿木千年，心爲烏木。適大風折其一枝，中有指大，黑如漆樹，纔百餘年，真成烏木矣。

石虎

吴民有商於楚者，利其同伴之貲，殺而瘞之於野。傍有石虎，推仆其上，戲謂虎：

「你知我知，勿語人。」虎忽應曰：「我不語，恐爾自語。」民驚駭而去。後二十餘年，與一少年子甚暱，復商於楚，共憩前石虎傍，告少年云：「是虎能作人言。」少年詢其故，民以知心人，不覺傾吐。少年口應而心動，漸與乖隔，至相毆，訴之官。發石驗視，抵服。計少年之生，即同伴死之日也。

周大

呂丘坊巷周大病瘧，白晝見一鬼，持索縶其項，將牽去，又一鬼自窗紙隙中入，搖手曰：「莫誤莫誤，是巷東朱大，非周大。」前鬼爭辨良久，乃解索，俱向紙中出。當被縛時，喉中霍霍作聲，兩目反張，不能出一語。家人喚醒，逾時復昏眩如前。鬼復至，共牽一人，長僅尺許，拱手向周云：「適來冒觸甚愧，頸上着繩處當患瘡，但以蓬葉煎湯洗，自愈。」周欲與飯，鬼面赤云：「宥罪幸矣，何能復擾？」便升屋不見，周病遂愈。相去二十餘舍，果有朱大，纔氣絶矣。

名醫

吴中一名醫，治富翁中風病，法當死，須黄牛丸可活，誤與疥藥。藥中有水銀、硫磺，必無全理，方驚駭，不敢言，微遣人偵之，云：「吐夙痰數升而霍然。」明日厚幣及門矣。

雷震

天啓改元辛酉，齊門外石獅涇橋民，兄嫂病疫。兄女年數歲，民潛鬻之，得錢肆千。兄病中數問女安在，紿以他辭。其後鄰嫗問疾，話其事，兄嫂從枕上涕泣拊膺而已。一日震雷，跪民於榻前，頸上掛錢，遍體焦黑而不死。鄉民聚觀，即以錢贖女，而兄病亦愈。是歲六月初二日，雷震蕩口華中翰家堂，柱分爲四而屋不圮，家之升斗斛秤悉移置廳事前，揮擊糜碎。又江陰郁氏，先世令粤，携得蠱書及藥置樓下橱内，十餘年矣。雷從樓板上穿一孔如錢大，橱内書藥燬蕩靡遺，其傍貯書籍分寸之間，不少見焦色。地上畫古梅一枝，枝榦夭矯，善畫者不能摹，歲久竟不滅。此萬曆初年事，今郁氏宅已屬他人，未知神蹟尚存否也。

學師

有御史按吴，甚傲。行學之日，學師跪進籤筒，御史坐而掣之，前所未見也。次至長洲掌教雲間周師諱明琳，捧籤跪楹間，相去稍遠，御史不得已爲之起立。一時稱其風敏。

訴鬼

内弟某婦病，數禱於神而病終不起。某貧士也，悲憤中夜，槌床嘆曰：「時命不濟，鬼物詐索吾食，當訴之神明，洩吾恨耳。」會朔日，詣城隍廟進香。其夜夢數鬼謂某：「我輩啖汝幾何，至見訴？」某謝無有，鬼笑曰：「汝於某夜曾言之，今早隨入城，托同輩從廊下竊聽，雖未嘗有，實作是念。今幸勿復然，當不相犯。」

夜合

百合非夜合也，往時誤認爲一種，因考「青棠」二字乃得之。青棠，合歡也；合歡，夜合也。合歡生益州山谷，樹似梧桐，枝弱葉繁，互相交結，每一風來，輒似相解，了不相牽綴，樹之階庭，使人不忿。《古今注》：「欲蠲人之憂，贈以丹棘；欲蠲人之忿，贈以青棠。」丹棘一名忘憂。青棠，合歡也；合歡，夜合也。其花上白下紅，散垂如絲。今陽羨山中多百合，有紅白二種，白者根入藥。按《本草》，合歡入木部，百合入草部。凡詠百合爲夜合者，皆誤。然晝開夜合，花態常有，不獨此種也。

地下銀

清嘉坊輿夫姓潘者，賃屋而居。其妻夜爨，見一童子白面垂髻，自竈前出，云：

「爲爾守視有年矣，盍取諸？」妻驚叫，遂走入竈下而滅。鄰里頗有聞者。夜半，夫妻掘地，得銀一甕。天啓甲子十二月事也。因思此事恒耳得之，吴中潘氏其最著者。如雍熙寺僧於寺後種菜，得四百金，供之佛前，化爲蝦蟇。僧因叩頭，願造大士殿，須臾復爲金。後殿成而僧歿。又葑門錢氏子，中夜看月廳事前，地下有光湧出，始如錢，漸大如箕，俄滿一庭。以竹拂之，如水銀散走。同伴三四人兢張衣襟兜取。有吴生者盛之以氈帽，帽重不可舉，兩手極力捧至燈下，乃一金色大蜈蚣，其襟内者亦然，駭視未定，已無所睹矣。嘗見雜記云，銀氣夜正白，流散在地，撥之隨手散復合，政是物也。又云得米穀則凝。又余家侄夜起溺，見門扇上有光熒熒，就視則小金簪，還至燈下，亦蠕動成蜈蚣而去。又崔氏子，父死，分得田價五十金，縛置腰間，作大聲云：「崔大官，我不隨你！」如是者十餘聲，崔大懼，亟行數十步，遇人争毆致訟，竟蕩然空囊。已上皆知之最真，記之以見物有定分，不當强求，非其分，雖得之父，子亦不享也。

鴉異

天啓甲子二月二日，長洲章家童子十餘歲，在廳事前，群鴉飛入，啄其頭額，流血叫哭。有十五六雙鬟聞而走視，鴉遂舍童子而啄之。家人持杖撲得其一，磔而懸之簷下，遂有群鴉百頭鳴噪，竟日乃去。是歲主人中榜。

玉蟹

【闕】

蕪湖庫銀

【前闕】若令戰慄叩頭稱死罪，久之，揮劍砍案，案爲兩如鋸，騰躍而出。爾時縣尉及千百户各一人，於野外傳鐸嚴警，天明視之，惟有空屋而已。

綠陰篇叙

道人弱齡便墮情癡，多病，常嚴色戒，故繡榻鉛華，每懷多露，而青樓綺麗，恒羡如雲。於是興託登臨，幽傳樽斝，殷凝舞影，碧灑歌慶。送隋柳之鶯聲，絪緼入夢；飄楚蓮之蝶翅，恍惚疑真。至若春草嬌眠，秋蟾妬影，涼生菡萏，霜冷芙蓉。曲奏陽春，觴飛子夜。六街煙鎖冰毬，十里晴披絳樹。燕語木蘭舟未動，馬嘶油碧車來遲。霏香嶺上，翠拂遠山之眉；弄色池邊，玉映明霞之靨。纖肢舞豔，皓齒流妍。寶袜蘭芬，珠綃雪嫩。燃璧月之脂，猩紅夜唾；藉通仙之枕，麝氣朝迷。魂銷彩筆之江郎，腸斷霞篇之謝客，固已駁娑浪子、徵馳無賴者矣。及夫商飆振樹，玄鳥辭梁，永晝膏殘，黄昏葶萎。孤舟商婦，閒抱琵琶；野寺緇衣，閒聞鐘磬。淒淒腓木歸鴉，黯黯春魂啼鳥。曾時序之幾何，乃變遷之若是。丹顔不駐，靈藥誰貽。螓首蛾眉，請看雞皮鶴髮；陰房鬼火，移來翠幕明燈。盛衰之理固然，感慨之懷空爾。追鋪媚景，爰綴靡辭，得二十三人，成雜體三十七首，篇名《綠陰》，譬彼青帝迴輪、長條改色也。

來雁

袁御史家侍兒來雁，年十七，姣眉目，識字善歌。嘗愛慕一書記曰阿瑞，彼此注念。而御史家法嚴，莫敢近，至不得通語言。他日，御史之官，家人例不隨任。阿瑞厚賂一老嫗通情，懇久之，嫗報曰：「某日夫人當上冢，期日暮會於堂之東軒湖石下。」阿瑞狂躍，心怦怦屈指以俟。至期，小輿十餘乘，載女奴隨夫人行，而來雁與焉。日出而往，日入而歸，止從登車之次相流盻而已。夫人既入，阿瑞傍徨中門。有自門内擲繡香囊，來雁微咳而珊然不見矣。囊中録《西廂》曲「而今煩惱猶閑可，久後思量怎奈何」二語，復有沈香數塊。瑞得之欲絶，復求計於嫗。嫗從容語夫人：「阿瑞長成且病，有室當自愈，夫人何不擇宜者配之？」夫人問誰可者，嫗曰：「何如來雁？」夫人嘿不應。既月餘，忽予來雁袿襡，選日掃房舍使婚。嫗馳告阿瑞，瑞喜不自持。來雁心獨疑，泣謂嫗：「夫人賜兒粧，彼無所及，事當有變。今日兒死日也！」嫗不以爲然。及聞中堂鼓吹聲，唤來雁出拜，則與之婚者蠢然髯奴也。來雁號泣不肯拜，群擁之，不敢不拜。既入房，髯奴治酒款群婦，笑語方濃，忽傳言雁姐自縊。共奔救，得不死。髯奴本出非望，又驚怖，逡巡避縮，夜半後稍撫床就之。來雁奮起揮擊，面臂爪痕無完膚。數日加厲。髯奴者嗜酒好睡，既不得着身，又不得甘寢，不勝苦，乃別置藁薦臥床下。而來雁每夜涕泣，未嘗乾枕席，柔肌瘦削如束，然終無可奈何。同輩慰解，謂奴自可憎，不疑他屬也，獨老嫗知其故，時留獨語。一日嚙臂出血灑衣，哀託嫗寄阿瑞。不肯，曰：「此亦何益，徒令瑞哥心痛。今蠢物所需一醉，黄昏之後，爲所欲爲，惟我與汝耳。」來雁拭淚首肯，復出几上書，令嫗任意指一字以卜之。嫗指得「雝」字，來雁喜曰：「兩佳人得爾言合矣，第字義不祥，恐終有言。當更指其次。」嫗笑曰：「既是佳人，便是佳字。」來雁慘然曰：「人旁重土，殆將死耳。」又良久，曰：「亦甘之。」於是多市酒肴，託言嫗餽物，因令嫗勸髯奴飲，果大醉，裹衣蒙被，鼾同牛吼。嫗潛呼阿瑞，瑞從日暮聞約，已竚候窗外，聞鼾聲，亟趨入，搴帷而手捧來雁之頰。繾綣未伸，髯奴忽於睡夢中大呼捉賊。一時出不意，相與震駭幾死。老嫗收拾盤餐，尚在房外，初甚驚，徐知爲囈，乃笑復罵曰：「真是蠢物，直吃得幾許，作爾怪狀。」於是鄰房五六人皆來就問，聞嫗言大笑而散。髯奴濃睡如初，而兩人之心膽裂矣。嫗復曰：「蠢物既醉，我當留伴雁姐。」遂襆被宿房外。兩人稍及，猶顫栗流汗，心跳躑不能止。擁抱甚久，稍及歡洽，聞雞唱矣。是後嫗稱假母，婿髯奴，奴日得快飲，一無所問。如是兩月餘，家人稍有知者，漸聞於主母。主母秘不發，借他事笞逐嫗，禁來雁不許出，以阿瑞爲御史寵任，俟其歸將并雁治之。瑞窘急，夜投林憲副，以情告。憲副，御史執友也，雅知瑞，姑留之。既數日，御史家謂阿瑞遠遁，或言自溺於河。來雁聞之，竟仰藥死。死後三日，阿瑞侍憲副園亭，飲月下，忽驚起，指花影曰：「吾家雁姐安得到此？」未數步，仆地死矣。憲副心憐之，出金付來雁之母，贖女屍，爲合葬於虎丘之南。其後夫人夢兩人從朱籠中走出，泣拜於庭，自稱業緣未了。明日，人有饋雙雁者，朱籠宛然。夫人心異夜夢，試呼兩人名，則鼓翼悉鳴若應。乃命畜之園池，凡兩年之内，交頸連棲，並唼而食，諧聲而叫，一家之人無不呼爲雁哥雁姐。復以戲笑髯奴，奴甚以爲恨。又明年，御史擢京卿，舉家北上。塒櫟之屬，悉付群婢。髯奴遂竊取雙雁，先殺其一，其一哀鳴躑躅，張翼覆其創口，啄地上瀝血，啄不盡，以首醮之，蹀躞數番而死。髯奴將取爲脯，剖其自死者，腸寸寸斷，奴亦不食而覆之池。是夜夫人泊舟惠山下，復夢二人來言：「業報已盡，冥司勘無他罪過，復得生人世。」再拜而去。夫人亟遣馳取雙雁，還報爲野貍所噉，稱嘆而已。

吴縣皂隸

隸晨起，縣門拾得銀六兩五錢，隨有白髮老人偕其妻號哭而來，言賣女輸官租，因與牙儈飲，醉後失之，踴躃欲死。隸惻然，頓還其物，一時聚看者群呼讚歎，聲徹於令。令召入，賜之酒，花紅鼓樂送歸。隸年四十餘，一子未朞，因驚致病而殞。其妻日夜尤之，謂行善獲報乃爾。隸亦鬱鬱不解，禱於城隍，夜見夢曰：「汝不憶某人事耶？詐其金復戕其命，汝子即托生償債者也。因還銀一事，陰司注銷前惡，當更得子矣。」驚寤，語其妻，妻夢亦同。未幾果生子，及長，仍爲皂隸云。

藏金

某公罷政歸，瘗其橐中金，慮匠氏洩之，詭計沈於海，死者六人，無知之者。厥後某公獨坐一室，聞户後切切語聲，初疑是小豎，少焉漸洶洶如風濤，自室至瘗所，歷屋十餘重而止。某公心疑之，獨秉燭偕一寵姬入視，寂無有異，還至室則復然，如是者三。

既夜闌力倦，假寐一榻，枕邊作斧聲，大言「去哉去哉」。驚起，召家人明炬照之，三間屋内翛然，設書畫而已，西壁一几，几下連磚容一人，側身而下，甃石爲坎，方廣如其屋，架以石柱石梁，是爲藏橐之地，而空洞無一物矣。某公怛而失措，尋壁捫索至東北角，有穴如斗大，深莫測底。某公痛惜彌至，日夜咄咄稱怪事，然終無可奈何。延道士請將，將降乩，首書六匠氏姓名，次書「埋金五藏，今去其二」，又書「藏銀若干，以某日到某處某家」。於是某公心忡忡而背汗承踵，不敢復問。微遣人跡其處，某家是夜生子。

燭淚

「蠟燭成灰淚始乾」，舊句也，近有改「始」字爲「未」字，意更苦，然不知此淚安着？復種來生情債，入鬼趣中矣。

雲間乞兒

天啓丙寅，雲間有乞兒弄猴者十餘輩，聚郡東門外。長至夜賽神，醉卧，群猴裂鐶而逸。既覺，乃爇葦鳴鑼以覓之。盖以平日跳劇，習聞鑼聲，冀其應也。火延燒民舍，又見諸丐子蓬跣而來，誤傳爲倭奴。須臾之間，呼號震天，捆載而奔者以萬計，争門躪踐，死百餘人。郡邑吏錯愕相視，鼎沸至曉，方知爲訛，然猶惙惙股栗，日暮始定。楊儀部亦載：成化年間，處州賊叛，吴人爲謡曰：「過中秋，到蘇州。」又傳言賊能飛劍殺人。民間轉相驚惑。會部使者决囚至境上，郵卒小黄旗馳報：「殺人者至矣！」小民一時惶駭，遍呼「處賊至」，擔負者棄而狂走，自楓橋至閶門，肩背相疊，不能行，號哭聲震天。明日太守執郵卒杖於通衢，乃帖然。

驛壁句

廣陵女嫁爲秦中貴人妾，過某驛，題詩壁間，有「不化鴛鴦化杜鵑」之句，友人爲余言而忘其全首，又不記姓名。然此一語極怨極香豔，已想見丰神，何必全篇。

傷風

嚴世蕃宴客，偶從席上瞌睡，遂滿堂寂然，坐客皆屏息以俟。久之，昂首索茗，徐命傳觴，於是音伎復作。向客舉手云：「體中小惡，須暫眠。」紅紗燈數行導入。及明，候問者盈門矣。他日王弇州問曰：「向有何疾？」對曰：「傷風。」弇州笑曰：「爹居相位，怎說出傷風？」遂大咖之。

鬼襪

楊氏子讀書葑門之戴墟，夜有美婦就之，代爲決疑，多名理。然每至履襪濡濕，云自城中涉水來。楊子漸尫羸不起矣，爲同輩窺覺，語其父，竟不能祛。後於子篋中檢得繡襪一隻，香氣猶拂人，其上芙蓉一枝，雙鳥棲枝上，刺理精妙，共傳看，稱鬼襪。楊老焚之佛前。

諸姓

某公武選時，有陜人名諸忠者，以指揮應襲，唱名吏誤讀「諸」爲諸，其人不敢應，因自陳「諸」音乍。他日謁大司馬，誤唱如前。武選從旁改正，司馬稱其奥博。偶與某公同席，自言之。

梅孝廉

宣城梅孝廉，鄉試中式，將填榜。其姻人爲千兵，以供給官侍堂下，聞其名，喜而匿笑。監場疑有弊，梅又巨族也，屏不收。次科復中式，而提調官知前事，笑語同列，御史又疑，又屏之。梅欲易名應試，旋又中式，有老門役者歷場事二十年，愕而掩口，蓋心奇之也。主司廉其故，復見屏。三雋三斥，自謂無復獲理，竟於己卯登榜，已蹭蹬十二年，後亦終於賢書，數奇至此哉！新安王國昌初中應天，次順天，次浙，亦三褫之，以明經終身。彼皆所謂青錢之技也與，何天厄其遇也？

呂生

天啓丁卯六月，呂生死一日復生，言其祖某給役城隍廟，見生而哭云：「汝不復活，因某事害人，汝作居間人也。今幸城隍驅蝗於吴江，并造溺死名册，汝可暫歸，且拘主名未到，到便訊問。」遂死。而所謂主名者，貴人弟，方應試南雍。去年曾搆富室訟，傾其家，意氣自得，無恙也。吕生活六七日，果死，而貴弟之訃亦至。是歲郡中蝗災，而吴江獨免。九月大風，太湖溢，溺死者千計。

土地册

韓蓄齋，郡中稱長者。其家傭書人病疫，既愈，爲蓄齋言：被土地攝去寫册，册充棟，十餘人晝夜不停筆，皆人家竈神所報。凡善惡鉅細，舉日舉時，雖飲饌食品以至床帷間謔浪之語，靡不具載。土地稍芟其瑣者以報縣隍，縣呈之郡，郡上東嶽，東嶽奏上帝，至帝前之奏，十惟四五，疏大節而已。帝以歲終決賞罰，復遞下，至土地施行焉。而竈神原報仍封鈐而存之土地，俟其人命盡，封勘注銷。傭者寫七日乃放還，竊記相識者數人，後皆分毫不爽。內有長洲庠生某，於幾日友人家會文，作「智者樂水」一節題，文極得意，爲同輩稱賞。因醉歸，心作妄想：「我於富貴時取鄰家女阿庚作小妻，爲阿庚晝造曲房，織成綺麗衣飾。」馳念酣穠，不覺三鼓忘睡。細君促之，遂含茶噀面，戲罵「醋甕」云云。後硃批一行：「想雖逐妄，境實因人，着於正月十七日到松陵驛凍餓一日。」傭念名士安得至此，記日月於壁。及期，清晨訪之，方拭巾整履，赴姻家之宴，將看梅西山。舟過通津橋，觸巡江使者，舟中客皆被執，生獨以青衿免，縛拘置舴艋，直至吴江，停舟驛前，始釋之，果凍餓幾殆。蓄齋嘗以是戒其鄉黨云。

埋骨

葑門周生行於野，見瑩然白者，拾視，一枯骨，隱隱有「竊盜」二字，擲去。行未數步，耳邊微聞人語曰：「能掩我，當有以相報。」周駭異，從人家借鋤埋之。後復過其地，見埋處有鼠自土中出，蹴得一匣，中有三十二金。夫行穢昭昭，含慚冥冥，盜亦有人心者耶？三十金，生人所未易辨，鬼雖靈，何從致之？非藏於生前，必運之人世，猶然盜鬼耳。能埋盜骨，誰埋盜心，此中正是廣顙屠兒成佛關頭。若逐雨銷沈，因風棲泊，骨在心，人莫向黃土堆中掘取。

卷之四

中州李鶴林抄

徐愈

萬曆丙申，吴閶門失火，延燒百餘家。無賴乘勢攘奪，有不被火而亡貲者。村甿徐愈偶夜入城，袖手立舍傍看火，突有老嫗提一篋付愈，囑令守視。擲篋地上，琅瑲作聲，盡金銀聲也。嫗倉茫走去，愈心知其誤，守視唯謹。至夜深，火熄，啼號追索之聲不絶於耳，獨不見嫗。愈乃遍訪得其家，還之，篋内金飾約直百餘金。人有笑愈者，愈曰：「人家不幸，盡付煨燼，得此尚可存活，吾復掩取，將無絶其命根，心不忍耳。」是夜愈未歸，其妻於鄉間夢金甲神降於家，言：「汝夫妻命薄，食禄且盡，爾夫作善事，特賜上壽，無苦厄，後世得富貴身。勉之。」言未訖，聞其夫叩門歸矣。自是稍稍康裕，至今猶在。

酒鬼

有負笈師門者，月夜未寢，聞窗外人語，又若有呵叱聲，乃穴窗窺之。見散髮袒襟頹然而來者，自稱酒鬼，與神荼、鬱壘相語。神曰：「主人不飲，鬼何以入？」鬼探懷中出紙示之，乃入，扃鑰如故，聲響寂然。明日侍其師午飯，師夙昔惡酒，不能一蕉葉，家無釀具，兼無飲具，至是忽命沽酒。試以指，欣然甘之，俄罄一茗椀，旋以傾壺而未醉。於是漸製杯斝樽罍之類，頓飲石餘，儕輩稱酒伯，而文業日荒，家益貧落，門下亦稍稍引去。然當沈醉後，常自叫罵，或歎息，或撫膺痛恨，殊不快也。他日醉卧友人家，友人子婦新寡，乘夜來奔，發其衾而醒之。既醒，知爲主人婦，正襟歛容而起，奔出門，仰天自矢曰：「向負老翁，至今恨恨不去心，安得復作爾事！」霜氣初嚴，殘月未落，到家五鼓矣。卧須臾，大嘔，下一物如腐桃，腥臭觸人，倦而復卧。前日之負笈者，偶携兩罌酒謁師，師病竟日不起，仍留宿。復見前鬼自門內出，與門神别，且謂之曰：「好爲九十六公看守，毋入他鬼。吾奉上帝命來三年，今召還矣。」各拱手而去。其人益怪不省。晨起方沐而師出，遥望兩罌，蹙額避之，終日不能沾滴。因譚久，從容話兩夜所見，師憟然色變，離席舉手曰：「有是哉？神明可畏也。不能復隱，當爲子說。昔年嘗夜歸，遇醉翁仆於路，吾之舊鄰也。本意欲扶之，掖其腰得五金，遂竊而棄之以歸。是後便耽杯中，忽忽冥冥，罔知晝夜。前夜於友人家偶發愧悔之心，不知遂見憐赦於上帝也。」言罷大哭，搏顙中庭，深自懺謝。訪醉翁，託以他事，償之十金，終不言奔婦姓氏。杜門攻苦，明年登賢書，名第九十六。

念佛

佛在心不在口，經在義不在文，故「念」字從心。世人僕僕百拜，喃喃終日，乃讀佛，非念佛也。老嫗終日讀佛不休，一小兒從傍數呼之。嫗怒曰：「何事不住叫我？」小兒曰：「何事不住叫彌陀？」

撈油鍋記

黔人有爲撈油鍋者，凡攘竊之屬，形跡疑似，便以巨鐺爇沸油，投以銀錢。先令巫者一人，俗謂之端公，朱衣散髮，向鐺舞跳，施符咒，使其人以手探鐺底銀錢。盜則濡指糜爛，否則無恙，黔人相傳爲神。余至畢川，聞而笑之，天壤間當無是理。會有游僧性月詣府投詞，稱自滇南過東川驛，爲驛卒高榮、王四榮盜其行鉢，直數十金，求料理。爲追逮兩人，具言良民，初不作賊。余訊其狀，不服，願撈油鍋。余以邪道非法叱去，不准理，而呶呶終不決。兩人自舁鍋至公庭，請益堅。不得已聽之。乃設高俎貯油如其俗，而罷所謂端公者。吏復叩頭請曰：「端公神不至，恐兩囚空受慘楚。」兩人齊呼曰：「自不愧心，無端公何害？」於是城中之民聞府有是事，策老負幼來闞者，塞儀門之外。僧從傍竊視，釜中油颼颼作聲，欣有德色，詭合掌向余：「二人雖作賊，不忍見苦楚，願舍鉢毋訊。」二人不許。頃之，鼎油騰沸如翻波，觀者股栗。兩人奮起，對天再拜設誓，雙手入釜攪弄者一飯頃，而王四榮尤掀髯裹袖，若沃冰雪，驗視無異常膚，了無攢眉齧齒之狀。於是叱僧：「果失物，亦當如法爲之。」共前捉僧臂。僧大恐，蒲伏引罪。一時千人同聲嘆異。僧自供云：係蜀人，與王四榮居同里，少年無賴，四榮習知之。後避滇爲僧，從豪貴乞傳符，横索供應。猝遇四榮，爲所呵。既憤憾，且慮暴其往行，遂以盜誣之，而波及高榮也。牒具，俛首受杖。此戊申三月五日事。觀察顧公聞而異之，命紀其事，以備其諧之搜採。

蕺

越王勾踐既嘗糞惡，遂病口臭。范大夫令左右食岑草以亂其氣。岑草，蕺菜也，擷之小有臭氣，凶年民劚其根食之。蕺，殂及切。韻書但釋以菜，不詳何物。按《本草》，蕺主蠷螋溺，多食令人氣喘脚弱，尤不宜小兒。北人謂之菹菜。葉似麥。

琵琶辭

楊用修先生少時善琵琶，每自爲新聲度之。及第後，猶於暑月夜綰兩角髻，着單紗半臂，背負琵琶，共二三騷人，携尊酒，席地坐西長安街上，酒酣和歌，撮撥到曉。適李閣老早朝過之，聽其聲異常流，令人往訊，則云楊公子修撰也。李爲之下車，楊舉巵飲李，曰：「朝尚早，願爲先生更彈。」彈罷而火城將熄，李先入朝，楊亦隨着朝衣而行。朝退，進閣揖李先生及其尊人。李笑謂先生曰：「公子韻度，自足千古，何必躬親絲竹，乃擅風華？」自是長安一片月，絶不聞先生琵琶聲矣。

胡孫

人有獲子母胡孫，繫之柱，子跳躍庭下，爲鴟所搏。母號呼奮擲，晝夜不絶聲，一旦裂繩而走，旋於庖中竊少肉，置瓦溝内，隱身屋角邊。伺鴟攫取，便騰出擒住，抉其雙目，除兩翅，乃携下庭，剖腹屠腸胃，哀號以祭其子。後寸寸斷之，肉析爲縷。其人驚歎，縱之入山。

唐解元

華學士鴻山，嘗艤舟吴門，望見鄰舟有人獨飲，酒一壺，斟以巨碗，科頭向之極駡，既而奮袂舉椀，作欲吸之狀，輒攢眉置之，狂叫拍案淋漓。華注目良久，曰：「此定名士。」詢之，唐解元子畏也，因中酒欲飲不得，政爾無可奈。學士喜甚，肅衣冠過謁。唐便科頭相對，談謔方洽。學士浮白屬之，不覺盡一觴，因大笑極歡，日暮復大醉矣。當談笑之際，華家小姬隔簾窺之而笑，唐作《嬌女篇》貽華，華作《中酒歌》答之。後人遂有傭書之誣，而袁中郎爲之記，遂真有其事矣。又解元同祝京兆醉坐生公石，聞可中亭有分韻賦詩者，巍冠高履，貴人也。乃衣籃縷如乞兒，倚柱而聽，數刻未落一韻，格格苦思，及句成，二人相視而哂。貴人怒曰：「乞何爲者，豈能詩耶？」對曰：「能。」遽請紙筆。於是解元口吟，京兆操觚，須臾數百言，有「七里山塘迎曉騎，幾番春雨濕征衣」之句，擲筆索酒，酣飲而去。貴人大驚異，以爲仙，嘗自快幸，對人豔稱。之後知爲兩人，慚恚，卒有棘闈之譖。

爲亡婦禮懺疏

某智術瑣闇，時命迍邅，十指懸錐，一身臃腫。是以酷罰用降，宜逮厥躬。豈其疊孽是波，竟貽伊婦。既愚迷而莫辨，尤憤鬱以無從。敢布下忱，仰祈慈鑒。蓋聞福過生災，器盈招覆，若流離困苦，已經世境難堪，而疾病死亡，復遇人生不幸。豈是今生罪過，良由宿世冤愆。婦周一窮被體，萬苦攢心。齠齡操帚，三冬曾擁嚴姑；壯歲空帷，萬里未歸弱婿。浪得人身四十年，歷盡艱辛三十載。牽鹿車而共載，常飛甑上之塵；對牛衣以長悲，誰裂輿中之絹。居不謀於服食，病無力於醫巫。斂止敗絮，奠仍藜藿。無梅生嫁時之衣，有昭妃洗面之淚。已矣一生，受諸苦惱，茫茫去劫，願脱沈淪。前生罪今生受過，後世因今世未作。望慈悲普照，度拔弘施。海若廻風，飄覆舟於彼岸；山靈出雨，種枯薺於來春。轉女身作男身，化苦境爲樂境。猶居濁土，當拋離別之悲；若作姻緣，無復朽愚之配。瀝誠懺禮，短疏哀祈。

兩廣總督

家銀臺令粵，以治平召還，過其縣。縣令素稱相知，病不出謁。銀臺至其衙齋就見之，治酒款洽竟日。將別，指示壁上先有題字云：「某夜夢兩廣都御史綠章銀帶，入縣衙留飲。」銀臺大喜，彼此鄭重而別。後二十餘年，銀臺淹滯留都，雖至三品，未嘗秉鉞。而督粵者爲張公鳴岡，其生年月日與銀臺字字皆同，其科第功名以至嗣臬涉履亦相類，至是稍不相侔矣。

變虎

初游黔，聞有老叟變虎，甚異。一歲中凡三四輩，土人亦不爲怪，然大抵皆苗夷也。山棲草食，氣類相感，理或然與？其最異者，戊申四月十二日，日正午，虎入畢節衛北門，至一民家，循堂奥，歷卧室，發衾枕而踘卧於床。民皆持兵，聚而圍者千人，莫敢近。或言揭瓦刺之，其家二子獨號泣曰：「安知非我爺？」勸諸人勿動，但鳴金擊竹守之。至日暮，虎徐起，仍由城門出。或有從城上窺之，若有戀戀之狀，頃之大吼一聲，屋柱震動，奮迅入山矣。

雷神

黔民穿土，常有得雷神者，如世間所畫相似，見即掩土俟之，風雨即飛去。寓黔之日，民家廳事上有雷神自至，肉翅青身，兩目閃閃爍人，不敢逼視，坦卧十餘日，扃鑰以俟，絶無聲響。其後風雨暴作，震訇淩空而去。

眉語

柳宜興句：「窗疎眉語度。」眉語一字妙絶，復從疎窗中意色暗度，欲語如語，尤堪神往魂銷。

義貓記

長洲徐存石，本貴豪子，而性蕭散，喜禽畜，尤癖於龍陽，遇美婦人輒嘆恨曰：「惜哉不男子身而顧令孅鬟也。」凡狗馬雞鶩以至金魚蟋蟀之屬，動以百千計，常以一莊供一歲之餵飼，漸不能給。所居雖數椽，而籠中未嘗乏名異。一貓特爲馴俊，白質皎然，曳尾如純漆，名之曰雪燕，飲食珍美，必與之俱。童子名龍珠，專掌雪燕，亦狎昵龍珠逾伉儷。每與客博，丙夜浮白，則龍珠點籌行觴，雪燕偎依於傍，息則同寢。及存石病篤絶粒，雪燕亦不食累日，迨於長逝，雪燕羸瘠垂斃矣。鄰人汪生憐異之，抱持而歸，食以鮮腴，終不肯食，倏焉馳還故處，舐其巾履，啣至昔時寢所，若低回而無從覓索者。已見蓋棺張幕，乃躑躅嗥鳴，一夜不絶聲，自投於井。龍珠綆而置之懷，悲不自勝，裹以襦，盛笥中，設饌跪而奠之，埋之花砌之下。龍珠竟終身不娶，不茹葷，日暮持西方號。有譚往事者，淚簌簌承睫也，十餘年亦卒。嗚呼，玩物喪志，誰謂不然，至誠動物，非欺我也。當徐生轟隱時，姣麗盈前，瑰怪雜沓，一旦秋風入户，而明月箜篌又向他家庭院矣。寧無匹偶，疇棄室家，匪席匪石，永失弗諼，人固難之，物尤異甚，作《義貓記》。

胡僧

某公守湖州，廉能聲滿一浙，人莫敢欺。一日有胡僧陳狀：自海外登閩，過建寧，曉起山行，拾取一襆，内三百金，復有小簿，記銀封一一有商人姓名及銀數甚悉。僧坐山巖候其人，久不至，欲自詣官，恐見疑。遍問廉吏，名無出湖州者，願貯庫，揭示通衢，召商人至，符其記數則還之。太守大喜，延僧郡齋，爲設供，欲遂留爲郡常住僧。辭曰：「吾得所托，此願畢矣。野外孤雲，寧堪瓢繫耶？」一飯即飄然去。太守心益重之，恨不留也。三四月後，果有客，具言楚人，販果入閩，日暮行急，墮裝馬下，知爲阿師慈悲，詣府自領。府驗狀無分毫爽，乃盡歸其故物，而客厚德僧無已，播頌於郡人，人無不知有異僧，願望見如瑞物也。年餘，太守以事過會城，楚人迎拜馬首，已僑居作武林商，貲甚富。他日太守從湖上遇僧持鉢乞食於路，望見太守避匿，遽遣人邀致，甚歡，遍語縉紳，稱道不容口。楚人聞之，匍伏捧足，頂禮而謝曰：「塵凡人未嘗瞻仰菩薩面，非神使君，幾失之。」於是一時士民傳述，而異僧之名復遍於武林矣。居久之，武林創大叢林，議募貲而難其託，咸推僧。僧慷慨任事，既走湖州請太守題疏，兼募郡貲。太守欣然命筆，首捐百金，而湖民之樂施者頃刻千金。復至武林及他郡，聞風響應，幾至千萬。楚人亦捐三百金爲助，曰：「是三百者，師所惠也，敢靳？」貲既集，將入楚售木，又請於僧。僧不肯行，曰：「我一貧衲子，獨挈重裝，無爲盜賫乎？必不得已，官給郵符，與數人俱，且楚商嘗思有以報我，又故鄉也，必願往。」衆皆稱善。於是選日成行，武林民執香擎幢，導鼓樂以送者，蜂屯蟻集於錢塘之外。楚人藏篋數十，留一老僕一蒼頭守之，臨發，徘徊治酒款其鄰，囑使善視。同行二十三人，各挾弓矢掛劍，揚帆而去。渡揚子江數日，值端陽，僧市酒豕啖諸人，竟日之內，僧但舉少菜，噉飯而已。衆皆酩酊，至曉，呼僧及商，俱不見，而囊槖如故，試舉手，如振槁，啓視蕩然，惟存一利刃耳。歸報官，官發商寓，藏篋重不可舉，内悉瓦石。其老僕蒼頭皆杭人，半年前雇傭也。捕緝累年，竟不測形影。其後湖胥有爲關中尉者，不半年，以詿誤奪職，策蹇東歸。過盩厔，去縣十餘里，遇大雪，暫下路傍空舍中。有紫髯狐裘者騎駿馬，隨兩奚奴，冒雪而前，見尉熟視，下馬詢曰：「君非湖客耶？」尉曰：「然。」又問：「安得至此？」尉以實告。髯笑曰：「還識我否？」尉茫然未對。髯握手曰：「敝居不遠，濁酒可醉，客幸相過，免今晚足冷。」遂聯騎行一二里，有莊院，門徑幽邃，屋宇陳設甚整，咄嗟治具，物物精腆，席間金玉杯椀不下數十事。髯浮白大嚼，時時向尉大笑。尉雖沈醉留寢，而心甚疑之，終夜反側。及明雪霽，更治酒，贈尉二十金，騎而送之，復問曰：「竟識我否？」尉終不能明。及别乃曰：「爲我謝太守，我向日僧也。」大笑馳去，蓋十九年矣。

石田對句

啓南先生與陳啓東飲時，解元賀恩字其榮、進士陳策字嘉謨亦同席。陳出對云：「恩作解元，禮合賀其榮。」先生應聲曰：「策登進士，職當陳嘉謨。」舉座賞其精敏。

龐山湖村老

吴江濱於太湖，多水患，而瀲村尤卑下。余自有知已來，凡三四見矣。天啓丁卯九月初六日酉戌之間，鄉民聞湖中有聲，如擊數百千鼓，白光晃爍燭天，食頃而滅。村老相戒曰：「水門開矣，水當大至。」果半夜湖溢，一村千餘人家飄没殆盡。時秋稼刈而未登，隨流漂散，尸骸雜於什皿，拍逐狂風怒浪中，他村之民有因而攘利者。龐山湖之東有村翁，家頗饒，一子將婚，同看水門外。遥見有人手抱一小箱，出没波濤，號呼求救。翁目其子曰：「是可取也。」其子曰：「箱浮必空，若其人，固可憫。」翁頷之，即操舟往，取其箱而推墮其人。其子遥呼止之，已無及矣，恨而入門，不顧。翁獨啓箱，則其家聘媳之帖及雙釵宛然在焉，始悔，向之溺死者媳也。數日而翁遂病，白晝見一女子持杖擊之，遍身青腫而死。又數日，婦翁家遣人吊唁，詢女無恙，向溺死一婢，亦不曉爲翁之推墮也。兩家姻好如故，而此老翁者枉做惡人，自抛姓名，視其子一念，仁暴絶於天淵。而此鬼須臾報施，捷於影響。吁！異哉，可畏哉！

京娘

雲間陸郎，挾貲游京。少年美姿容，狎邪豪舉，靡不沈湎濡首。最暱一角妓，名珍，有終身之約，然而橐垂罄矣，猶與群小博，日費數十金。一夕珍爲邀致豪貴五六人，决賭正酣，陸郎連北。珍從傍屬指，雖傾囊不償。展轉久之，乃抗言：「郎無賴，妾願爲佐博。」於是盡出其簪釧珠璣，璨然盈席，請以五十金爲注。時同博者各持數百金，皆相視笑而許之。點籌既定，梟雉互陳，次至珍，揚袖高呼，一擲六緋，舉座皆愕。珍斂骰向燈，拂衽稱異數，不敢有後冀，計其獲已三千餘緡，盡徵而歸之陸郎。罷酒，盡約座客：「明日幸相過，兒有所請。」乃早起治具，而諸君果來。珍嚴粧以出，携陸郎對天釃酒，再拜曰：「今日爲郎戒賭。」次浮巨白上其假母，亦再拜，捧出匣中五百金爲贖身。次遍酌諸客，亦再拜：「今日爲陸家婦，不復相見矣。」遂入。舉座感歎，有爲淚下者。假母持金而泣不能成語。頃之酒闌，珍作椎髻短袷，車騎已在門，即日南還矣。其家望郎不歸者三年，驟相見甚慰，詢得其狀，舉家深德之，號京娘。陸郎自是亦不復爲浪子，以貲謁選，參幕楚臬。京娘病不能從，陸郎爲之遲發者三月，醫巫百方，竟不起。屬纊之夕，遺一繡囊，中有骰子六枚，面面皆緋，昔年一擲三千者也。陸郎號慟幾絕，嘔血年餘，亦不赴官，死，與京娘合葬焉。情史氏聞而美之曰：詭不害智，專能合禮，千緡夜歸，慧劍飛紫。挺拔淤泥，静照瑠璃。霜横萬里，匹馬南嘶。繡幄深藏，不膏自香。載鳴載飛，青塚鴛鴦。其與紅綫、聶隱同譜上清，何論汧李、粱蘄逸馭騰芳者哉！

門子

俞氏梨園扮生者姓朱，年十五，眉目姣好如畫。丁卯歲秋，婁門外樂神塘賽會，倩朱作門子前導，乘馬捧印。其母夜夢神與銀兩錠，買其子，旦而戒子勿出。子不覺自至廟，如有人推者，取廟中楮錠以歸。母駭且恨，子遽稱腹痛，死矣。死後數日，葺屋瓦，果得真錠如夢中物。

鞦韆

黔俗好鞦韆，燈夕尤盛。新歲初四五，便於通衢架木，維以巨索，高三四丈。月色熹微，婦女連臂踏歌，抛擲至曉，有立有坐，有兩人對抱，飄裾蕩影，眇然飛入雲際。自十五至十七三日之内，傾城塞途，男女不復相禁，視宿昔懽慕者任意擁抱，婦父母舅姑亦了不爲異。至十八日，始各尋訪，歸於家。此日已後，即稱姦矣。戊申，寓畢節衙齋，每夜往看。有鍾家婦稍出雞群，爲四少年嬲之，五六日始還，遂致訟。旋有親黨勸息訟，云「元宵俗戲，不合十九夜放歸。議處四人合買黄牛一頭給夫，前去調理」等語。長史笑而釋之，真夷俗也。

山怪

余伯兄嘗讀書棲霞寺，暑夜皎月照户，獨眠未熟，聞庭下嗽聲。初謂童子夜起，忽啓窗入，有物二尺許，面濶於肩，眉目不甚明了，尖帽長如其身，着葛衣踞坐，不住手搖白褶扇，戞戞然，毫無舉動。漸曉鍾鳴，乃蹣跚度檻，復咳唾而滅。未幾病瘧。

四犬

韓封公未貴時，深夜自城中還陸墓，見有四人，衣色各别，遥望公來，踉蹌踰垣入人家。公疑爲盗，佇足不前。既久寂寂，遂叩門訊之，其家適産四犬，毛色皆異。

長髯客

嘉靖初年，吴縣殷秀才嘗遇客道上，修髯過腹，餘髭垂兩頤，拂脣而下者猶尺許。殷心念此君飲食作何狀，遽前揖之，邀入酒肆，設饌。客出衲中小銀鉤，絡雙耳而掛其鬚，因叩姓名，謝别去。殷特欲看其飲噉，初無意要結。明年下第，自秣陵附商人舟南下，中流遇盗，殷跪伏不敢枝梧。盗忽問曰：「舟中莫是殷秀才？」殷猝未應，偷目視其人，即向年長髯客也。客大笑握手曰：「幾得罪。」邀入舟，供具甚豐。殷笑問銀鉤安在，令二美女捧出，既以金卮送酒，復掛鉤大嚼。酒數行，謝殷曰：「此地不足久留，公行矣。」悉還其劫物，以十束籐爲贈，即揚帆去。既抵蘇，發束内皆精金，蓋劫他商物也。殷自是饒裕，入貲爲郎，任光州丞。

産猪

捕兵某，捕盜吴江。五更見道上十六人同行，皆衣青，其一是女子，因尾之。至一賣漿家，方啓門而炊，諸人倏焉擁入。乃糾侣持械搜捕之，一無所見，唯壁下豕圈新生十六豕，其一牝耳。各稱異捨去。兵遂持齋爲髮僧，不復捕，至今在盤門内住，常爲人説。

蔣四老官

蔣四老官者，住葑門内，薄有田業。年六十餘病死，託夢於子及妻，言：「被冥司罰作豬，前夜投胎於梁催子家，我爲第十三豬，苦不得乳，餒甚，可速取我歸。催子爲贖某家田，明日當詣我家。田是渠自欲得，託言於某，可勿聽。」一家同是夢，政怪異，而催子已叩門。其子迎謂之曰：「若以田事來耶？價若干，出汝櫃中，不須説某家。但三日前汝家産十三豬，幸畀我一小者。」催子錯愕不能辨，與之俱還，一豬已候於門，繞足若啼者。子即抱持歸，循門歷户，作悲慘聲。其妻向之而號，亦垂首帖耳，如不勝情。乃爲之延僧誦經，送至瑞光寺寄養。戊辰三月十九日，余到寺索看，半月前劉使君送杭之雲棲寺矣。詢之老僧，云了無他異，但較常豬稍潔。因考其生前罪業，僧云曾犯淫戒，亦四明符秀才類也。

食狗報

京師人不解食狗。萬曆初年，吴人有宦於京者，倡爲戌會，前後殺狗無數。其後殺一狗，叫嘷甚悲，絶繩而逸，作人跪乞命狀。巨槌中其腦，既絶，聲不止，至於釜汁糜爛，猶汪汪徹重屋，見盛椀，椀中復然，擲椀十餘片，片片作聲。一時座客皆避去，獨主人飽噉自若。一月後暴病，見數百犬爭噬之，呼痛大叫，伏枕作群吠聲而歿。

異魚

鹿城李君，以明經任沂水令。罷歸數年，爲萬曆庚子，有客暮至，令家人市得一魚，魚目霍霍不止。或言不可食，而庖人治具方亟，竟付之俎。將奏刀，跳躍及屋梁者三四次，壓以巨石，斫而膾之。既噉客，餘炙留爨下，隱隱聞呼痛聲。初不爲意，其後聲漸孔，家人聚而逼索，得之瓦盎中。方欲聞於主，而堂上酒闌，客散矣。主人獨坐擁爐，忽驚言失火，亦不知火所自起。子文譽跣而救父，已煙焰障室，須臾父子爲燼。有蒼頭隨文譽入，見赤幘絳袍者手提出之，猶眼鼻潰膿者月餘。後文譽以旌典立祠，稱孝子。李君余至親，素號長者，其治沂之狀不審云何，然聞其晚年得一方，言貓肉益人，以活貓貯甕中，沐以沸湯，令毛脱落，雜他藥而蒸食之。沂人聞令如此，殺貓以饋者甚衆。豈以是獲譴報耶？抑老龍變幻爲指上之朱縷、葦間之繫絃耶？殆未可解。

濯腸

某生，不斥言名氏，自負幹能，常凌其母弟。弟争之不勝，嘔血死。母失愛子，悲恨中風而瘖。生之所以侍母者視弟也，數年母亦死。生爲外氏掌鑰，頗有乾没，業益饒。初艱於嗣，得妾以其子〔二〕，富且樂矣。一日晝寢，恍惚見鬼卒四五輩，靛面硃髮，牽其項到一官府。母弟先跪堂下，號泣訴寃。堂上官衣青而髯，怒甚，舉筆欲判而未下，聞門外傳呼聲。復有一官，朱衣少年，堂上官起迎如同僚禮，遽問：「罪惡如是，加以何法始快？」朱衣者熟視良久曰：「是人腸穢，須抽而濯之。」官點頭，命左右如指，痛極失聲而寤。遂患腸癰，一年之内，肺臟寸寸潰出，不勝宛轉叫號之楚。曾延道士設醮奏章，始語其夢於家人，而竟不起矣。當未死兩月，自籍其産，遺言付幼子，累千言。未幾，三被回禄。伏枕三易稿，計煨燼中物恰如弟及外氏之數，所留皆分内物，無纖毫加焉。

〔二〕「以其子」，疑是「以生子」之誤。

要離冢

冢在城西，平廣與城齊，城因冢而環其前，城外諸山拱列，參差如案，千七百年來異人異蹟也。昔人有從冢傍掘得一石，鐫題云：「墓石高出城，城中血濺人。」至萬曆乙卯，蘇松兵使者高出，於石表之曰「古要離墓」，嶐然視城堞而上之，又偶符兵使者之名。旋有二三市井，以睚眦白晝操刃，一月之間，告變者數起。於是里人共推仆其碑，而獷悍者亦息。其後高失事遼左，豈一時兢氣使然耶？

稱謂

世人稱謂，有貴小而賤大者，如富貴家閨女稱小姐，而村媼儈婦稱大姐是也。有貴老而賤少者，如烏紗稱老爹、老爺，豪華公子稱大老官人，而乳臭廝養稱小官是也。或云此意當是女尚韶華，男尊劭齒，是耶非耶？何以倚門者、奉帚者稱小娘，而荷擔揮鋤者又稱老官也？一字稍殊，榮辱異壤，殆不曉其所自始。余嘗從敝笥中檢得故紙，是正德九年訟牒，寥寥數語後吊行云「巡按老爹旅行」，尚餘古朴之風。今百餘年來，無論直指，即令丞而下，稱老爺，稱爺爺，或稱青天爺爺，至於天，何所加？近日逆璫稱九千歲爺，咄咄逼至尊。諂諛風靡，奚所底止。昔有人自稱張大伯者，米南宮帖云：「是何老物，輒欲爲人父之兄？若稱大叔，猶之可也。」滑稽之語，堪爲絕倒。今吴俗稱人奴曰大叔，凡爲子姪者何以別於父之弟耶？

鍾離點金圖

有人卧病，恒見尺許長一鬼蹲脚後而笑，日暮便跨上膝，漸至腰腹，及胸則眩憒不省。家人祀以酒食，每夜半平復。兩月後鬼謝去，曰：「久溷子，今當遠離，思以爲報，亦有所願乎？」其人曰：「病久空乏，願得錢耳。」鬼曰：「甚易。」即自解其腕，腕如斷蔗，節節不相屬，大如圍棋子，烏皮裹之，因摳其一爲贈，而腕如故。徐自捫腕曰：「持此能日致三緡，然勿忘日祀我。」其人許諾而更乞一斷，鬼復解其一。其妻見病者向空語爾爾，乃鼓掌笑曰：「何不遂與吾腕？」鬼亦鼓掌大笑而去。自是霍然，而日漸豐饒。祀鬼未嘗懈，三四年後鉅萬矣。春日携家掃墓，遇道人貌奇古，相與語，因述其事。道人笑曰：「貧富在子，鬼何能爲，特其知巧索君食耳。三日後相詣，當爲子除之。」至期寂無人到，門外有以《鍾離點金圖》質錢者，宛然野外所見，其傍一小鬼，即病中之鬼，絹紋微蝕，其腕處有缺。即與之十千，而奉仙像加虔，業日益富。

鳳凰

天啓壬戌，鳳凰集河南府大塊山，文采如世間所繪，群鳥從之數萬。有人攀躋至山顛就視，見和鳴翔舞，三日始去。西漢黄霸爲潁川太守，奏鳳凰見，至今有鳳凰臺，即其地也。南思州北深山有鳳凰穴，壁立千仞，瀑水淙淙，猿狖不能至。鳳凰巢其上，彼人呼爲鳳凰山。遇大風雨，或偶墜其雛，小者猶如鶴，而足差短。南人取其觜，製爲鳳凰杯，今人家往往有之。書云「鳳凰生」是已，然則鳳凰亦與凡鳥同生並育於塵寰樹表，仁風瑞氣，適或感之，則暫游人間，凡而不俗，斯謂之神物也。余嘗在黔中，見西域僧圓月華碧，遍體長毛，兩肩肉隱起，自然成蓮花，衣紅間褐，閉目趺坐，常竟日不起。語言不通，作梵字，土人譯而讀之，言：「是大西天來，去中國八萬里。來時三人同侶，一道病死，一折脛留緬甸，凡十二年達於峨嵋，今將詣補陀。具言西天諸神異狀，釋迦達磨及我家宣父皆至今在，皆不食不衣，坐深山中。山高五千仞，有丹鳳青龍衛之。國人禮拜，龍鳳輒翔繞和鳴。每一開眼，中國必有聖人出。我年百十五歲，三度拜之，以山峻險，難發也。」其言詭異不經，然我輩蚩蚩，譬之蟻之游岱，蛭之浮海，亦烏能知之？豈西方聖人之在世間，亦猶鳳凰之在丹穴耶？獨我宣父，胡不於闕里而於絶域也？

場屋

焦御史監試會場，爲人言：當入簾之夜，夢主司、房考鼓樂迎導而來，各有一神人，青巾赤衣隨其後，逼踵而行，其最後則有金甲尊神，偉長面正黑。主司二相公前行十餘步入闈，趨謁甚恭，神拱手而已。世傳科場事壯繆主之，今所夢非其狀貌，豈封號既隆，復有司厥職者耶？憶往年術士孫龍城能役鬼，有舉子以厚貲屬之，使入場探題。

鬼去兩日夜始反，言神將防衛嚴密，唯西北偏水竇稍隙，纔一窺首，有黑髯將軍持青龍刀大呼逐之，幾嬰其鋒，蓋壯繆之部曲也。孫復爲召，將附乩，叩之再三，乃判云：「題在回賜之間。」是歲丁丑，首題「子貢問士」，次題「回之爲人」，亦奇矣哉。功名所繫，神靈重惜如此，何物銅臭，可矯而取也？又聞之，昔有省中名士，科舉第一。未進塲，夢祖父賀曰：「今年當中魁，切記曳白，慎勿寫一字。」既覺而笑之。至夜復夢，其後夜夜合眼便夢，甚爲異，然萬萬無是理，意填號或得「白」字，或題中有此字？以語其友，友戲曰：「子正壯年，何争此一科，不以慰爾祖考？」及入號房，又見祖父儼衣冠，偕十餘小鬼，徑前折取筆頭。既命題，神思憒憒，果不成文。明日竟不帖出。是時監臨官外簾閱卷，與督學憲使有隙，思有以中之，見白卷，知爲案頭，密以屬縣令。令比對二三塲極工，識爲名士，意直指要人也，即爲精搆補稿，隨加批賞，呈直指。直指果大稱之，寘第三。揭榜後，乃索向卷，各駭且悔而無及矣。又一名公，初塲忘作七大結，到寓而覺之，唯有嘆恨而不言，意次日必帖出。五更展側枕上，竈前一老僕忽躍入叫曰：「郎君何不小心至此？」公謂必見帖榜而來，嘿然自慚，無以應。僕揭帳促起曰：「快起讀！適夢老主甚瞋，言不作結，兩手再三障謄録官眼，已謄入矣。二三塲勿草草！」遂聯捷，官至大宗伯。大抵子孫當發科第，其先世必爲之擁護，如前事者屢屢矣。又張濬溪，郡中耆宿，少時曾夢神云：「若與吾從周同號，便中。」訪之同邑同郡及江以南，無其人。至四十餘歲，始見其姓名於新進中，次年應試，果同號，張之欣慰見於色。及成稿，唯恐其不得當也，爲之改竄加核。張亦深自滿志。吾中式而張竟淪落。計其夢時，吾始生耳，又十餘年爲萬曆甲午，張既遲暮矣，取中百名外，填榜次及張，而大京兆以應天府無人爲請，易以他卷，遂收而復斥。噫！難者登天，易者覆掌，巧藉他人，當局無主，非播弄何以測鬼神？非鬼神何以銷倖竇？

戲柬客

有客與細君反目，戲柬貽之：「婦人不妬，百不得一，然而誠大難事，試作平等心論之：不妬婦人，正與亡八對境。有一男子於此，帷薄微污，相與詆呵斥辱，去之唯恐不遠。有一婦人於此，小星當户，相與嘆羨稱揚，不啻奇珍異瑞。豈思欲惡愛憎，男女未嘗不同，何至寬嚴相反若是？恐周姥設律，定不爾爾也。」援筆爲之大噱。

梁　灝

灝初舉進士不第，留闕下，獻書不報。宋太宗雍熙二年乙酉，賜甲科，歷官六七轉至翰林學士。真宗景德元年甲辰，權知開封府，暴卒，年九十二。然則灝居官立朝二十年，其中甲科政在七十三歲，不謂之不遲暮矣。或言灝八十有二作狀元，載其謝表云：「多太公之二歲，少伏生之八年。」豈後人異其遭而稍爲粧點耶？又詩：「天福四年來應舉，雍熙二載始成名。觀榜已無朋友在，到家唯有子孫迎。」天福，石晉年號，四年爲己亥，灝年二十七，歷晉、漢、周、宋四十六年而始得，以此推之，灝生於癸酉，梁末帝朱友貞討友珪之歲。子固、述、適，適至太傅，爲名臣，嘗奏事御前，牘中有名次公者。真宗問次公似漢人字，群臣莫能對。適獨奏蓋寬饒、黄霸皆字次公。真宗喜曰：「梁灝有子矣。」固以廕賜進士出身，願赴鄉舉，大中祥符元年戊申擢甲科，去景德五年，灝已不及見。嘗見《宋狀元考》，徐爽、梁固皆乙酉生，則固始生之日，正灝登第之年，固爲長子，尚在襁褓，又安得有孫迎於馬首？乃知前詩亦好事者附會，又見灝不獨功名遲，得子亦遲也。固年二十四及第，年三十三而卒。

陰皂隸

巷陌小民有稱「伏陰」者，晝則處陽世，無異生人，夜則爲陰司隸役，奉差勾攝行杖之事，一如人間。近日婁門外有少年，自言如此，談小事亦有驗。其表弟常羡之，願往替役。少年許諾，約以夜安卧無動。是夜果如夢境，而較爲明白。初同少年行到一官府，門外設栅，栅上掛牛頭馬面夜叉形狀，悉是紙糊彩画成者。少年戒曰：「但佇立任看，替則不可。」遂戴一牛頭向内去，聞内隱隱吆喝聲，鬼囚纍繫出入者相踵。有美婦十一人悲啼出門，顔色皆絶，欣然躡之而行。至胥門外，渡河入一人家，華屋美茵，香氣馥烈。先有一婦人獨卧捧腹，貌甚肥，群婦連臂坐茵上，其人即與之同坐。正樂，忽見少年持杖來，擊中其腰，痛極而醒，身卧床上，日已傍午矣。腹下赤痕如帶，急呼少年問之，言：「昨夜了公事，尋覓不得，知誤投猪胎，若稍遲撲殺，便成真猪矣。」其人猶怒曰：「寧有作猪綺麗乃爾？定是誑語。」即隨至其地，門庭户闥毫不異夢中，獨所見華屋則猪欄，美茵則破薦，十一小猪卧母猪傍，穢氣觸鼻，前一死猪，尚未擲出。少年戲語曰：「爾輩同伴相訪。」群猪一一回首。於是其人驚怖，即日祝髮出家。此事政類李赤厠鬼，而聞見尤確。或言陰陽異理，斥爲誕妄者。余謂世人學一二符咒，便能役鬼，神力寧難役人？彼著無鬼之文，燬《典論》之刻者，竟何如哉？

中涓產子

宋靖康之亂，有中涓挈一宮人南奔，僑寓平江，稱夫婦。潛蓄美男，飾以釵袿，佯爲婢而進之，與宮人產子。四歲中涓死，宮人嫠居，偕婢撫其子。他年又產女，鄰人聞官，訊之吐實，以聞上，詔仍給配，賜姓名宦成。宦成遂洗粧而衣冠，爲丈夫。其後更有二子，皆讀書，舉進士。長者爲奎章閣待制，父母榮封焉。待制嘗晏客堂上，掛《三教圖》。座客爲對句云：「夫子天尊大士，頭上不同。」趙秘書彥中對云：「宮娥宦者官人，腰間各别。」舉座匿笑，不敢出聲。待制引滿觴之，曰：「可謂一網打盡。」

周文襄

文襄撫江南，好徜徉梵刹，旌節所至，鍾磬交接。每至佛殿則膜拜致敬，人或議之。文襄笑曰：「即以年齒論，彼長我二三千歲，豈不直得一拜？」行之自若。其初至吳，適歲不登，吴人稱爲「周白地」。文襄聞之曰：「今年呼我周白地，明年教我米堆地。」治未踰年，果致盈羨，民間米百石直二十兩。每案獄，欲活其人而無路，憂形於色，使吏抱案讀之，背立以聽。偶得一語，便喜躍援筆出之。至今百餘年，江南人頌其政績，尸祝無斁。文襄體冷，雖暑夜必令兩姬擁卧，更許乃有温氣，及明拂席上，白屑常滿如細鱗，相者云蛟形也。

東鄰婦

韓生者私其東鄰婦。婦要索百端，既傾囊，便思絕之，即紿生曰：「夜有姊娣相過，子慎勿來。俟其寢，妾當就子。」生喜而去。婦於是戴假臉，披簑衣，潛詣生室，止於窗外。生方挑燈微唱《西厢》曲，忽聞窗外鬼聲，停唱而咳。又聞紙窗上淅瀝作響，正襟肅容以聽，又寂然。及和衣就枕，窗外響復作，起而徬徨，不敢窺户外。漸至更深，呦呦似人哭語，云是生亡婦，責生負義。歷詢某物某物，皆吾嫁時裝，今安在？生於是時粟生肌而語吃吃，唯掩面悲啼。鬼復云：「吾已訴之陰司，今夜必同往質對。」生從坐上叩頭，願作佛事超拔，哀祈再三。鬼云：「若爾，且索鄰婦去。」去須臾，聞隔墻喧叫，言娘子中惡，覓湯灌救。生竟夕目不交睫，寒熱頓發，遂大病，恍惚見亡婦往來帳外。巫禱數日，稍差，復側耳凝眄於東墻矣。扶病夜坐，風雨入室，又聞窗外鬼云：「爾言殊不可信，須遠徙去，當捨爾。」生心已稍疑，適有健婢在房，持劍决窗着之，遽見怪，婢不辨何物，揮劍反走。生秉燭，燭滅，大呼集鄰人共視，乃東鄰婦，已砍傷一臂，猶著簑衣，流血被體。其夫無賴酒徒也，訟生强奸傷婦。生言婦在我家，詐鬼盗物，具有驗。官訊婢，乃得其情，各杖而釋之。婦終於殘廢，生槖中如洗矣。夫淫人之妻，罄其貲而罔顧，豈不謂情塵成岳也？而情如東鄰，何異沃雪於熾炭？東鄰不有其躬，旋以負約之假鬼可以魘人也，而不知利劍戕軀，隨於燈影。人世沈迷翻覆，出於袵席裙帶之間，類如斯者，可鑒哉。

卷之五

中州李鶴林抄

大年

山東濟南府有長壽老人，忘其姓氏。生於弘治庚寅，至萬曆甲午年一百二十五歲。每官府至任，必邀老人與席，談吐送迎，健爽如少年。又餘姚採樵人年一百十二歲。猶入山負薪無倦色。縣令召賜粟帛。問頤養之方，一無所知，但生平未嘗怒、不飲酒而已。長洲婁門外田夫，年一百五歲，不廢耕作，相近劉家墓傍老嫗年一百三歲，至萬曆乙卯兩人尚在。太倉直塘晉老年一百十三，其父一百四歲。湯家巷醫士盛春垣年九十九，與姚媪對門住，亦年九十九，皆無疾而終。又湖廣承天府舁夫年八十七，猶爲人肩輿，終日不火食，但飲水。其曾祖年一百七十三歲。相傳其家有井，飲水致壽。貴人聞之，强售其居，日汲以佐饔飧，不二年而貴人殁矣。

傳國璽考

秦始皇帝并天下，以趙璧爲璽，即卞和獻楚之璞，楚婚趙，納璧爲聘，秦昭王紿以十五城，藺大夫奪歸趙者也。璽圍四寸，螭鈕，李斯蟲魚篆，其文曰「受命於天，既壽永昌」。漢高祖入關，秦子嬰繫頸以組，奉璽降漢。傳至哀帝，臨崩以璽付董賢，曰：「無妄與人。」平阿侯王譚子閎侍中，白元后，帶劍入宣德後闥，叱賢，賢跪授璽綬。孺子未立，璽藏長樂宫。王莽篡竊，使安陽侯舜求璽於孝元后。后怒罵曰：「若自以金匱符命爲新皇帝，當自更作璽，何用亡國不祥璽爲，而欲求之？我漢家老寡婦，旦暮且死，欲與此璽俱葬，終不可得。」因涕泣，旁側長御以下皆泣，舜亦悲不能自止，仰謂太后曰：「臣等已無可言，莽必欲得璽，太后寧能終不與耶？」於是太后恐莽脅取之，乃出璽投地，璽缺一角。王莽末，漢兵入長安，商人杜吴殺莽取璽綬，校尉東海公賓就斬莽首，問吴綬主所在，曰「室中西北陬間」。就取詣王憲，憲遂稱漢大將軍，舍東宫，妻莽後宫，乘其車服。將軍趙萌等以憲得璽綬不上，收斬之，璽歸更始。赤眉立劉盆子爲帝，破長安，更始敗，上璽綬於盆子。盆子立一年，其兄恭知赤眉必敗，敎盆子習爲辭讓之言，下床解璽綬，叩頭願避賢路，涕泣唏嘘。赤眉樊崇等共抱持盆子，帶以璽綬。盆子號呼，不得已受之。馮異收長安，盆子率丞相徐宣肉袒上所得璽，璽復歸漢。漢靈帝崩，何進誅宦官，雒陽亂，中常侍段珪、張讓劫少帝及陳留王，步出穀門，夜至小平津，六璽不自隨。三日還宮，失傳國璽，餘璽皆在。董卓燒雒陽宮闕，遷都長安。諸侯兵起，長沙太守孫堅進至雒陽，得傳國璽於城南甄官井中。建安元年，袁術謀僭號，聞堅得璽，拘堅妻而奪之。四年，曹操破術，術死於壽春。廣陵太守徐璆得璽，獻之。漢傳魏，魏文帝隸刻肩際七小字，曰「大魏受漢傳國璽」。魏傳晉。晉懷帝永嘉五年，劉聰陷雒陽，遷帝及六璽於平陽。聰子粲，見殺於靳準。劉曜平準，準群臣推靳明爲主，遣上表，奉傳國六璽降曜。曜大悦曰：「使朕獲此神璽而成帝王者，子也。」國稱趙。趙爲石勒所滅，稱後趙。勒死，石氏亂，冉閔盡殺諸石，稱魏。晉穆帝永和八年，閔與前燕慕容儁戰危急，遣蔣幹求救於謝尚。尚使戴僧施據枋頭，求傳國璽。幹沈吟未決，僧施率壯士百餘人入鄴，紿幹曰：「今燕寇在外，路道不通，璽未敢送也。卿且出以付我，我當馳白天子。天子聞璽在吾所，信卿至誠，必多發兵糧以相救餉。」幹以爲然，出璽付之。僧施宣言遣人迎糧，陰遣督護何融懷璽送建業。江南之未得璽也，中土人笑爲

「白板天子」，至是復歸晉。晉傳於宋，宋文帝義隆三十年，子劭弑逆，武陵王起兵，入石頭，縛劭於馬上，送軍門。不見傳國璽，以問劭。劭答在嚴道育處，就取得之。道育，宮婢也。宋傳齊、梁。侯景亂梁，稱帝百餘日而敗。王僧辯進石頭，問王克天子璽紱。克良久曰：「趙平原持去。」景之奔也，以璽自隨，使平原太守趙思賢掌之，曰：「我死，宜沈於江，勿令吳兒復得之。」思賢自京口渡江，遇盜，從者棄之草間。至廣陵，以告兗州刺史郭元建。元建送東南道行臺辛術，以北齊天寶三年四月壬申上璽於齊主文宣。文宣告太廟而受之。周主破鄴，齊幼主令侍中斛律孝卿奉璽至瀛州，歸於北周宇文氏。周傳隋。宇文化及弑煬帝於江都，盡收寶器及後宮，蕭后抱璽歸化及。化及守聊城，竇建德攻破之，擒化及，拜謁蕭后稱臣，收其璽。建德倚突厥以壯兵勢。隋義成公主先嫁突厥，遣使迎蕭后。建德以千騎送后入虜庭，而留璽。秦王世民擒建德，獲其傳國八璽，璽歸唐。開元六年，改稱傳國璽曰受命寶。玄宗幸蜀，使韋見素奉寶傳位於肅宗。僖宗光啟元年，李克用逼京師，夜出開遠門，使神策軍使王建負傳國璽以從。登大散嶺，閣道燒絶丈餘，建囊璽於背，手掖上自煙焰中躍過。夜宿坂下，上抱璽，枕建膝而寢。解御袍賜建曰：「以有淚痕也。」既入蜀，田令孜盜璽埋地下。尚食使歐陽柔治令孜故第，得璽，獻之前蜀主王建。建傳子衍。唐魏王繼岌滅蜀，璽歸後唐。後唐潞王從珂清泰之末，石敬瑭臣契丹而攻唐，從珂攜傳國璽登玄武樓，縱火自焚，璽爲燼矣。後唐之後爲後晉。晉主天福三年，更作受命寶，其文曰「受天明命，惟德允昌」。晉末帝開運三年，契丹入晉，晉奉國寶一、金印三出迎。契丹以國寶追琢非工，又不與前史相應，疑其非真，詰責使獻真者。晉人對：「潞王自焚，失傳國璽。此寶先帝所爲，群臣備知，非敢匿寶。」乃止。契丹建國爲遼，寶之爲真。遼興宗重熙七年，試進士，賦題「得傳國璽者爲正統」，蓋猶侈言之。至保泰二年，金人克中京，天祚奔雲中，遺傳國璽於桑乾河，實晉天福璽也。璽之大都如此。嘗見滎陽鄭氏《傳國璽譜》，亦一時舟中述其平昔記憶，有失考證。如王莽遣安陽侯舜誤作使皇后，漢兵誤作赤眉，公賓就誤作公賓。袁術之敗，璽歸漢宫，實魏物也，誤作入魏太祖。又引魏王丕索之曹后，涕泣投璽一段爲疑，此范氏謬襲漢元后故事，當時便謂非實録矣。獻帝使張音上魏王天子璽綬，既安然受之，何待索之宫中？此不必疑也。且既言入魏，又言索之漢宫，是前後背戾也。戴僧施以壯士百人紿璽送枋頭，誤作謝尚五百騎。趙思賢爲侯景親信，誤作趙賢，爲蕭棟所親。義成公主迎蕭后，未嘗迎璽，竇建德亦豈肯遽釋重寶與亡國之嫗同歸虜庭？蕭后亦烏用此璽自隨？誤作后及璽至突厥。郭元建誤作郭敬之，光啓誤作廣明，玄武誤作摘星，諸如此類非一。又其間詳略非宜，頗爲病之。暮春偶暇，披覽編籍，稍爲之次第。雖筆力辭藻遠愧滎陽，而於歷世興衰之蹟足稱信譜，亦鄭氏之功臣矣。又李心傳言：璽非趙璧所刻，至漢而有傳國之名，董卓之亂，旋已失之，孫堅井中之所得，徐璆之所獻，皆非也。魏自刻璽，其文如秦，秦璽讀自右，魏璽讀自左。晉亦自刻璽文，曰「受命於天，皇帝壽昌」。唐太宗貞觀十六年，刻受命璽，文曰「皇帝景命，有德者昌」。凡六朝雲擾，自謂得秦璽者，皆魏晉所刻也。更有慕容燕璽，姚秦璽，總之彷佛疑似，神異亂真。心傳之説如此，要亦未可盡信，今以一事證之。蔣幹求援於謝尚，歸璽江南矣，又燕紀石祗遣張舉請救於燕，云璽在襄國。慕容評攻克鄴，送冉閔妻子，閔將蔣幹先以傳國璽送儁，儁欲神其事，乃詐云閔妻得之以獻，賜號奉璽君。夫同是蔣幹，同是請救，一歸晉，一歸燕，頓有二璽，孰真孰僞？當時王彪之曾辨其非真，而在燕不聞有辨之者，豈其真耶？堪爲心傳助臂矣，并存之以俟知者。

吴趨孟思甫，爲諸生時，嘗過穹窿山下，倏有旋風，自數十步外盤曲圍繞。孟心念旋風中必有鬼神，停輿路傍。風吹孟頭上氈巾入空，不知所向，意甚驚怪。同行者因言：「山上三茅真君神異，今且近，盍禱之？」遂借帽瞻禮，忽見己帽在神座前香爐下，大駭叩頭而下。還家話其事，自謂不祥，頗以爲憂。是夜夢有青鶴下庭前，作人語，言真君命召。遂飛翔雲表，遥見宫殿摩空，若隨風飄颺，香氣氤氲覆其址。跨下鶴背，鶴變青衣女童，而笑引孟入殿門。殿上即三茅真君也。戲謂孟曰：「黑旋風良可怖。」孟拜謝。真君曰：「知子誠篤，聊相試耳。適奉帝命處斷三囚，欲子傳示人間，顯作惡有報。且安坐看之。」即設坐殿側。吏卒驅三囚入，枷杻連鎖，皆孟之鄉里相識，二三年内相次入鬼録矣。真君各列其罪案，共質對，皆服，復差輕重而笞之，笞數二十、三十至五十，如其罪，叫號流血。於是大判白簡云：「某囚犯罪稍輕，決二十，付太平橋酒肆中作狗十二年。某囚犯罪稍重，決三十，付虎丘山金剛座下作乞丐二十七年。某囚犯罪最重，決五十，付景德寺前鄭屏家作窮秀才五十一年。」決判既畢，群卒牽曳出門。召孟入，問曰：「官斷事如何？」孟未應，復曰：「豈不以生畜生人之際未釋然耶？」孟曰：「然。」真君笑曰：「是非所知也。人世六極，其四曰貧〔一〕，而士貧爲甚。貧苦百端，苦心爲甚。天下至苦，莫如秀才。而苦中之苦，莫如窮秀才。狗終日囓棄骨，卧地安穩，無負載驅馳之勞。乞子望門投足，猶得以殘汁剩瀝醉卧而歌呼烏烏，無室家升斗之累。寒家子偶拾瀋唾，得一領藍衫，便縛筋箝骨，既不能覓刀錐同市井，又不能牽車牛遠服賈，四壁撑形，一寒支骨，欲開口告人，人已揶揄之，不覺面赤神沮，安望狗與乞也？」孟於是愀然而悲，悚然而恐，伏地仰言：「思甫亦秀才，然則生前犯何重罪以至此，塵土蒙昧，未洞往因，唯神慈開示而救之。」真君曰：「秀才不有等耶？今子薄有負郭，豐館穀，文章心事，鬼神所重，非此屬比也。子歸矣，五十年報盡之後，會子於清都，勉之。」復呵青鶴送歸。次日詢於鄭氏，果生子，娟然佳兒也。孟於明年聯第，入爲詞臣，數歲奉使歸里門，復詢鄭氏子，名适，能讀書矣。又十餘年，鄭适補青衿，鼓吹旗彩，迎導於家。适猶未婚，里中富人娶以女，贈奩百餘金。适遂肆酒及博，從青

〔一〕「四」，原本作「三」，據《書·洪范》改。

樓與伶人度曲登場，作倩女粧。未幾婦病，誣其鄰子爲姦，鬻居停以輸罪，乃釋。婦死未踰月，而簪頭裙帶盡付爲酒壚豪具。屢需於婦翁，翁家事亦落，不能㥦其意，乃挑族人以訟婦翁，而身爲居間解紛之。日置酒樓船，挾妙妓，登虎丘，嬉逐婦女。會有豪家眷屬輿馬雜沓而來，群乞喧呼求施，适時爲婦服縞巾，睥睨於傍，莫知爲黌士，排訶之。适駡，欲褰其輿，僕衛甚盛，不得近。有乞癩而微跛，蹩蹩而前，稍倚适背。适怒無所洩，足蹴其腰，乞遂拳踼鶴澗之側，宿昔而死。自适爲青衿五年，徵逐無虚夕，研田生棘矣。忽報學政者臨試，試劣等，受夏楚。而适猶攘臂於衆曰：「來年看我掇大物，會須羞殺老奴。」益縱酒。無從得酒錢，日偵巨室事，趨蹌郡邑。邑吏皆厭苦之，或榜於屏曰：「鄭适不得入。」适始困，謀館，遠近聞其名，去之唯恐不速。乃習推算，算無驗。復習小兒醫，半月内連殺二孺子，飽拳，鬚髮爲秃。又自題門代人詩文慶弔，尤寂無叩門。是時孟已至八座，年正耳順，适題詩於戔，詣門稱壽。孟見其姓名，命入，則藍縷無復容儀。與之語，味索然，贈以二金。大喜過望，傴僂謝語不可了。适有子年二十餘，方負博錢，鬩父金即夜竊去，适竟不得沾惠一文，然猶遍誇於里曰：「孟尚書厚我。」適里人挂訟縣庭，即紿里人假孟札致令。令察其詳，捕上書人訊之，以送孟。孟心惡其人，而猶以向夢終惻然，曲爲之解。适得免罪，然益徹貧，獨居學舍，日不滿一餐。其子猶日夜駡父不爲取室，常大聲逐父索米。适冒雪垂首，獨語喃喃，過開元寺，聞寺内鐘鼓聲，亟趨而入。寺方禮懺，其僧舊識也，留之齋。适伸頸咽飯，兩手攫菜，饅頭盛袖皆滿，欣然踏雪而去。尚書方坐僧院内，家人入言之，共相嘆息，即話其事於朗然法師。師慘然曰：「噫，未還前世因，復種來生業。老僧當爲點破，令脱苦海。」遣人追鄭秀才。鄭方拂衣出袖中物啖其子，聞召即偕還，見尚書，面有慚色。師因留之宿，稍説因果報應之理。适本無意聽僧，因貪食供，不覺三日，漸游涉經課。忽自念：「饑寒如此，何不暫住做和尚？」即懇於師。師笑曰：「做和尚須問根由。汝若明白得，方許做和尚。」适茫然不解。又數日，尚書復到寺。師令盡疏夢中語爲一帙，陰置适房内。适見之，始有懼色，再懇於師。師云：「别無法，惟勤懺悔耳。」因稽首佛前，日禮懺法三卷，凡六月，病卒於寺，年止四十九。師夢适來，謝云：「蒙師懺力，免罪二十五年，今得爲狗矣。」

銀象

貴州天橋廠銀鑛，每一開採，夷漢之民輒嘯聚劫奪，至於焚掠城堡，連兵累歲。計鑛中之獲二十鍾致一石，而殺傷亡失之害不與焉，於是致朝廷封禁，設兵守之有歲矣。往年過其地，問所謂銀鑛者，在亂山叢箐之中，凡十有三處。向來挖取，特其一山，下尋尺耳。採銀之法，大略如採煤，而利不敵遠甚。先從山下掘一埳，乃傍行穿穴，穴入一丈則上施板，厚五六寸，支以巨木。漸入漸深，有至百餘丈者，鑛盡乃止。所取皆山砂，其中星點燦然類麩者，鑛也。每砂百斤，官價五錢。商人熾火煎之，或得銀一二三兩，或兩許，或不及二三錢。商利有贏絀，而官價無增損。議者以爲便，其實募工防兵之費得不償失。頃歲寺人進諛上供，歲以一二萬計，而黔滇之間已騷然矣。總戎唐君爲余言：「風月之夜有白象十三，相率飲於澗，其一微跛。土人一歲中嘗三四見之，有時爲人形，衣冠皓白偉然。」蓋神物鍾靈，厥有奇蹟，當無怪也。時與士逸以事稽寓宿山樓中，夜有小奚起溺，忽馳報曰：「白象見矣。」亟披衣推窗而望，相去三四百步，煌月之下，不甚明了，第皚然而凝立者，果十三枚，或上或下，或疎或密，不辨首尾及足，較之人形大四五倍，而比之於象，未能半也，漸自西麓緩緩度山腰而滅。士逸目眯，無所覩，余艱於遠視，亦摩挲得之，相與嘆咤，疑爲雲物耶，其真靈異耶？同見者九人，有言尾如拂塵者，垂鼻支牙、肩背相倚者，似若信然，而余實茫未之見，然其數十三，則歷歷不爽。而此日已後，凡有五六夜起候之，竟不再出，是亦可異也。

霜紫

虎溪龐生名璡，與其姑之女愛細有情，常眉目送語，婦尹氏覺之而不言。暮聞愛細云：「夜深會於空床。」婦誤聽爲東房，東房者，生書室外房也。入夜，假細粧束，潛至房伺之，久不見人。家奴名霜紫，初冠而未婚，最黠，怪主母獨在暗室中，當有私，躡足往聽。婦以爲夫也，遽前抱持。紫喜出不意，遂擁之榻上，恣其蕩狎。甫畢事，即揪髮罵毆，及於燈下，方知是奴。時龐生赴約爲他事阻，寂寞卧内，訝其婦夜闌安之，及聞喧罵，又見揪毆，狀甚不解。婦心獨慚恨，中夜自縊。霜紫亦念：既私我，何以復加老拳？疑猜未决，聞死大驚，乘夜竄走。一家恇攘救婦，至曉復活，乃徐跡霜紫。三日後詣門云：「主母方見罪，懼而暫脱，今自投。」龐生信而置之。自是婦夢夢若失，又慮霜紫洩其事，每陰厚之。紫以爲憐我，益自媚且驕，并垂涎於愛細。他日牽細衣，細掌其頰而笑，爲生所窺，大怒，笞之百。婦夜致酒食，親爲洗創，而恨愛細彌甚，遂置毒酒，陽爲歡好，勸細飲。細方舉盞，而龐生自外來，取盞便吸。婦張目奪之，無餘瀝矣。是夜龐生死，親黨以爲疑，訟之官。婦復自縊，遂不救。霜紫伏法，愛細爲母逼，亦仰藥自盡。霜紫自鬻年十二，龐家老嫗爲人言：「霜紫音近傷主，不祥。」龐生叱罵，嫗竟爲先識。少時見故老録其獄辭，正德年事也。有司理參語云：「龐璡以淫召淫，召及置椒之慘，報隨雷目；尹氏一誤終誤，終遺點蠅之恨，悔曷飈馳？破玉鏡於笄年，不問中表，不問人奴，蕩閑之愛細何異妖狐？□秦宫於花底，誰爲主母，誰爲眷屬，狂膽之霜紫□同猘狗。慾阜蓓於一夕，毒波流及四人。」云云盡載。

元祐黨人碑

皇帝嗣位之五年，旌别淑慝，明信賞刑。黜元祐害政之人，靡有佚罰。乃命有司，夷考罪狀，第其首惡與其附麗者以聞，得三百九人。皇帝書而列之，石置於文德殿門之東壁，永爲萬世臣子之戒。又召臣京書之，將以頒之天下。臣竊惟陛下仁聖英武，遵制揚功，彰善癉惡，以昭先烈，臣敢不對揚休命，仰承陛下繼述之志。司空尚書左僕射兼門下侍郎臣蔡京謹書。

元祐姦黨

文臣曾任執政官二十七人

司馬光　文彥博　呂公著　呂大防　劉　摯
范純仁　韓忠彥　曾　布　王巖叟　梁　燾
蘇　轍　王　存　鄭　雍　傅堯俞　趙　瞻
韓　維　孫　固　范百禄　胡宗愈　安　燾
李清臣　劉奉世　范純禮　陸　佃並元祐　黃　履祥符
張商英　蔣之奇元符

曾任待制以上官四十九人

蘇　軾　劉安世　范祖禹　朱光庭　姚　勔

趙君錫　孔文仲　孔武仲　吴安時　馬　默
錢　勰　李之純　鮮于侁　趙彥若　孫　覺
趙　卨　王欽臣　孫　升　李　周　王　份
韓　川　顧　臨　賈　易　吕希純　曾　肇
王　覿　范純粹　吕　陶　王　古　豐　稷
張舜民　張　問　楊　畏　陳次升　鄒　浩
謝文瓘并元祐　岑象求　周　鼎　路昌衡　徐　勣
董敦逸　上官均　郭知章　楊康國　葉　濤
龔　原　朱　紱　葉祖洽　朱師服並元符

餘官百七十七人

秦　觀　黄庭堅　晁補之　吴安詩　張　耒
歐陽棐　劉唐老　王　鞏　吕希哲　杜　純
張保源　孔平仲　司馬康　宋保國　湯　戫
黄　隱　畢仲游　常安民　汪　衍　余　爽

鄭　俠　常　立　程　頤　唐義問　余　卜
李格非　陳　瓘　任伯雨　張庭堅　馬　涓
孫　諤　陳　郛　朱光裔　蘇　嘉　龔　夬
王　回　呂希績　吳　儔　歐陽中律並元祐　尹　材
葉　仲　李茂直　吳處厚　商　倚　李績中
陳　祐　虞　防　李　祉　李　深　李之儀
范正平　曹　蓋　陽　琳　蘇　昞　葛茂宗
劉　渭　柴　袞　洪　羽　李　新　趙天佐
衡　鈞　兗公適　馮伯樂　周　誼　孫　琮
范彙中　鄧考甫　王　察　趙　峋　封覺民
胡端修　李　傑　李　貫　石　芳　趙令畤
郭執中　金　極　高公應　張　集　安信之
黃　策　吳安遜　周永徽　高　漸　張　夙
鮮于綽　呂諒卿　王　貫　朱　紘　吳　明

梁安國　王古　蘇迥　檀固　何大受
王箴　鹿敏求　江公望　曾紆　高士育
鄧忠臣　种師極　韓浩　郁貺　秦希甫
錢景祥　周綍　何大正　梁寬　呂彥祖
沈干　曹興宗　羅鼎臣　劉勃　王極
黃安期　陳師錫　于肇　黃遷　黃俠正
許堯甫　陽朏　梅君俞　胡良　寇宗顏
張居　李修　逢純熙　黃才　高道恪
曹興　侯顧道　周遵道　林膚　葛輝
宋壽巖　王公彥　王交　張溥　許安修
劉吉甫　胡潛　楊懷寶　董祥　倪直儒
蔣津　王守　劉元中　王陽　梁俊民
張裕　陸表民　葉世英　謝潛　陳唐
劉經國　扈充　周諤　蕭刓　趙越

滕　友　江　詢　方　适　許端卿　李昭玘
向　訓　陳　察　鍾正甫　高茂華　楊彥璋
彭　醇　廖正一　李夷行　梁士能並元祐

武臣二十五人

張　巽　李　備　王獻可　胡　佃　馬　稔
王　履　趙希夷　郭子旂　任　璹　錢　盛
趙希德　王長民　李　永　李　愚　王庭臣
吉師雄　吳休復　崔昌符　潘　滋　高士權
李嘉亮　李　玩　劉延肇　姚　雄　李一基並元符

内臣二十九人

梁惟簡　陳　衍　張士良　梁知新　李　綽
譚　扆　竇　鉞　趙　約　黃卿從　馮　説
魯　燾　蘇舜民　楊　偁　梁　弼　陳　恂
張茂則　張　琳　裴彥臣　李　偁　王　紱

閻守勤　　李　穆　　蔡克明　　王化基　　王道華
鄧世昌　　鄭居簡　　張　祐　　王化成並元祐

爲臣不忠二人

王　珪元祐　　章　惇元符

右今准尚書兵部符備降敕命指揮立石監司廳崇寧四年二月　日

徽宗親書一通，立石文德殿門。州郡廳事則蔡京筆也。後星變，遂毀。開封府推官召碑工安民刻之，民辭曰：「元祐大臣如司馬相公，乃名姦人耶？」不受命。官欲加罪，安民泣曰：「乞免鐫『安民』二字於石末，恐得罪後世。」江州碑工李仲寧自顔其楣曰琢玉官，召刻石，亦辭曰：「小民因蘇、黃二學士詞翰以致溫飽，何忍目爲姦？」揮淚而走。

蝙蝠怪

平陽縣廨中多鬼怪。鄭櫟年作縣令，素不畏鬼。嘗月夜獨酌庭下，家人悉寢，鄭亦微醉矣。忽有婢自梧桐樹下來，甚肥而皙，立鄭傍，鄭遽使撲扇。須臾，復有一婢稍黑，鄭使執壺。二婢相視而笑，頗偃蹇。鄭即嫚罵，盃擲其面。撲扇數十回，見鄭咍臺於榻上，遂擲扇走出，曰：「誰耐此醉漢！」其一婢竊壺罄飲，亦醉卧。鄭聳蕭傓讀書廨側，夜聞人語聲，窺視既久，密呼家人共前執之。方啟門，婢醒，走入樹下，共明炬掘地二三尺，空穴中有二大蝙蝠，一白一黑，大於蒲扇。家人欲擊殺，鄭笑曰：「彼侍我飲，何害？當縱之去。」遂撲揪墻外，自是廨中不復有鬼。鬼欲弄人，反爲人役，甚可笑。昔阮步兵憎厠上之鬼，范文正公見鬼頭大於箕，笑曰：「鬼好大頭。」鬼曰：「相公好大膽。」鄭令膽亦足當之矣。

梨療病

湖南士人以謁選過泗州，有通太素脉者診之云：「公來年得官，然有病不治。」士竦然曰：「何病？」曰：「病疽。」士求示藥方，脉者翻覆群書，凝想晝夜，竟不得其法。士留五日別去，脉者送之曰：「到京訪東垣，或有生理。」明年，士果登第，即謁東垣。時東垣尚未知名，才按指，駭曰：「公脉哮數，毒氣中臟，將不食新矣。」士具告以泗州之語。東垣笑曰：「渠知我，且以相試也。」亦停思數刻，謂士人：「此時梨正熟，君能噉幾許，速買來，率意噉之，旬日後報我。」士如言恣噉，復往謁東垣。望見即言：「病已減半矣。」因問：「噉幾何？」「二百。」曰：「尚未。」更旬日，東垣喜曰：「今幸無恙，但發瘡耳。」未三日，遍體生疥，亦尋愈，遂出都門。東垣附柬報泗水，泗州北向拜曰：「非吾所及，莫謂天下無人也！」

贋本

米襄陽臨摹前人書畫，幾於亂真，一時競以贋本相眩。嘗過楊次翁，次翁膾魚留之，詐曰：「今日爲君設河魨。」襄陽素畏此味，爲停箸不食。楊曰：「無疑，此贋本耳。」米雖笑，終不食而去。

河魨

江進之令長洲，食魚而美，問左右，知是河魨，已盡一器矣。亟以指探喉中使嘔，出未盡。入告家人，流涕决别，而痛笞膳宰。既卧三日無恙，乃大笑，召宰賞之。又北人宦江南，初進橘，連皮漫囓，以菓辣棄去。左右言取瓤，後如法以啖橙，復攢眉擲於地。左右復言紅者取瓤，黄者取皮，遂大怒曰：「人言吴人多詐，果然，食菓亦費乃公心！」

參幕内人

林文節鎮并州，日與寮屬唱和。參慕徐君内人能詩，每分韻，密遣人馳歸。衆方苦吟，内人詩已至矣。有《幕府客醉起舞和藜字》：「幕中舞客問鴝鵒，帳下雄兵掃蒺藜。」又《送屬官除監司押僚字》：「華衮自宜還舊物，繡衣先見冠同僚。」監司，相國之後也，爲一時賞冠。又陳述古女適李判官，題雁屏詩：「沙漠蘆欹曲水通，幾雙容與對西風。扁舟自向江鄉去，却喜相逢一枕中。」「曲屏誰書水瀟湘，雁落秋風蓼半黄。雲薄雨疎孤嶼遠，會令清夢到高唐。」

王介甫詩

我曾爲牛馬，見草荳歡喜。又曾爲婦人，歡喜見男子。我若真是我，祇合常如此。區區轉易間，莫認物爲己。愚濁生嗔怒，皆因理不通。休添心上焰，只作耳邊風。長短人人有，炎涼處處同。是非無實相，究竟總成空。

垢仙

垢仙姓吴，姑蘇市人也。生於萬曆甲申，二十以前，踪跡未定，如醉如癡，宿不擇地，每行市中，群兒嬲之，呼爲狗仙。乙巳始赤身矣，人與之食，有享有不享，人與之錢，有受有不受，享者受者，其家必有吉祥善事。先依朱姓，後依王姓，席地趺坐，晝夜擁爐，寒暑無間。遠近觀者，絡續不絕。兩耳中通，左右洞矚。日則緘默，夜聞笑語。鄰人云：「虛室若有往來者。」不飲酒而茹葷，半幅圍腰以蔽下體，垂四十年，縉紳家欲以新者易之，弗願也。爐火熾炭，酷暑無汗，暗室黑夜，坐處無蚊，體不沐而無穢氣，髮成結而無蟣虱。十年前曾於臘月沐冰孔中。昔虞山顧宦北上，夢人語曰：「郡中顧家橋有一異人，公宜問其行藏。受公禮，此行如意，否則且無脂轄也。」公訪之，見其蓬首垢面，因改爲垢仙云。贈之不受，叩之不答，公脉脉去，入都遂罹璫禍。仙雖不言，衹離之神預告之矣。又有浙宦，携二子偕一客來訪，各以百錢爲壽。仙低徊不視，强之，僅取其子者各二十一濆，餘皆峻却。宦與客怏怏而去。邇年則向人索錢矣。人皆曰：「仙亦改其素乎？」余曰：此風會使然，彼不過遊戲三昧耳。較之衣冠中白晝暮夜攫取無厭者，不仙凡哉？而仙意不可，雖與之終不受。遡其降凡之年，距今弘光乙酉正月二十九日，度世六十有二矣。金閶里人沈寄員名鍾者，篤信於仙，一夕夢仙造其家，曰：「吾今往矣。」醒而心動。越一日趨視，端坐尸解，靈顔如生，覺口中有空香相襲。寄員不欲壞其真身，捐貲買水銀含殮，置龕坐之，倡率建庵，以奉仙靈。蓋仙混跡人間，一旦厭五濁惡世，蟬蜕而去，豈因時移事換，頓超塵累凡緣乎？若寄員，可謂慷慨好義者也。

某太守

太守富甲一郡，居恒戚戚，若不聊生。一日對客長嘆，客問故，太守曰：「安從得千金，便不憂此生？」於是客亦撫膺而唏噓。太守問之，客曰：「吾願視公更奢，須千十金。」太守笑曰：「卿貧士，安用此？」客曰：「以千金贈公，以十金付酒家胡。」太守爲之掀髯。又太守以銀工數人製酒鐺，鼓爐方熾，鉗鏨錚然，適同年某公過之，坐談良久。語及生産，太守復攢眉曰：「弟更無餘望，惟恐目前餓死耳。」同年笑曰：「兄餓猶可，可憐諸匠人。」

披麻煞

郡中有娶婦者，親迎之夕，有二鬼徜徉新婦輿前，皆披髮，著麻布寬袖衣，千百人共見，雖驅逐略不動，遂任其行，直至門前。見主翁衣緋帶玉，巍然中堂，二鬼辟易而走。至里許外一人家，拋擲瓦礫，爲怪百端。其家延道士袪厭數日乃絶。陰陽家所謂披麻煞，選日者偶犯之也。後十餘年，婚者竟無子，夫妻相繼夭歿。

摩尼二姓

黔西摩尼所，有丁氏、權氏對山而居。丁兄弟四人，名一本、一元、一公、一中，姓名筆畫皆簡少。權兄弟二人，名爾瓊、爾瑶，子侄五人，名萬鑑、萬鏃、萬鍾、萬鎰、萬鏌，筆畫皆多密。丁所居巖石嶙峋，其人長瘦而無鬚，公中皆青衿。權所居樹木蓊鬱，其人多髯而肥，稱豐裕。數十里内不必問姓，一見貌而知爲某家子矣。余嘗過其地，兩家治酒相邀，而一公之子獨修，偉髯戟張，蓋一公贅於爾瑶，其子育於母家者也，里人遂稱爲「丁權」。兩山對峙，風土迥殊，在四五間耳。

劉瑾魏忠賢

魏忠賢之兇暴甚於劉瑾，而其歲月事跡略相類。瑾以正德元年逐蕭敬入司禮監，五年八月伏誅；忠賢以天啟元年殺王安入司禮監，七年十月投繯，而其事敗實在八月。瑾盜贓元寶五百萬錠，忠賢七百萬錠。瑾之初逮，發鳳陽司香，猶自喜不失作富太監；忠賢亦發鳳陽，猶以千輛自隨。瑾欲以八月十五日謀逆；忠賢亦欲以八月十四日謀逆。瑾年六十歲，忠賢亦年六十歲。瑾之鷹犬張綵，庚戌進士，由選郎一再遷至吏部尚書；忠賢之鷹犬崔呈秀，癸丑進士，由褫職御史驟列宮保、兵部尚書。瑾死言「張綵誤我」，綵謀立宗室弱幼，瑾欲自立也；忠賢出都門，亦言「崔家兒子誤我」，呈秀以兵餉未集，緩十四日之謀也。自正德庚午至於今丁卯，相去一百十七年，姦宄合轍如此。然而瑾之時被禍諸賢，如劉忠宣、韓忠定、王文成、李獻吉，始雖慘毒，終亦生還，獻吉以康海片言立解矣；忠賢一揑假旨，錮於閻羅之鐵案，十無一全者，惠、耿、方、胡，時未追耳，初非有意生之也。瑾煽虐外廷，忠賢流毒禁掖，其成妃及裕妃之賊殺，瑾之所未有也。瑾以寧夏之捷攘爲己功，不過歲加禄米，兄劉景祥止於都督，侄劉二漢不聞有官職，唯姪婿曹謚以監生改千户，謚父曹雄原係都督僉事，欲加伯爵，亦未授也；忠賢列爵三等，身爲上公，姻婭門役，紆紫拖朱，金貂濫於乳臭，珍賜飫於後房矣。瑾修理莊田，挖掘天地壇後土堆，侵占官地五十餘頃，拆毁房屋三千九百餘間，發掘墳墓三千五百餘塚，貽害止於一方，有數可紀也；忠賢建生祠遍天下，儼然以祝釐爲名，至於侵占國學矣，民間數百年墳墓，合抱千章，斬伐殆盡，暴棺濯屍，今猶未掩，歷數郡邑，其爲拆毁發掘不知其幾千萬矣。此皆瑾之所未有，所謂兇暴甚於瑾者也。大抵兩人初以曲廉細謹文其大詐大奸，及其膽張而不下，熠熾而莫遏，雖欲不爲不軌不可得矣。忠賢更有浮譽，又不在稱功頌德之條，當其罪狀已露，猶有言「廠臣不愛錢」者，皆此類也。世以瑾凌遲於生前，忠賢凌遲於死後，尚存餘憾。不知釋氏有言：人間戮屍，鬼魂嗥叫狂走，同於生命。今忠賢自縊數月矣，剖棺之日，其顔色肌膚毫不腐爛，有司房者與忠賢同夕死，獨存枯骨，則天之所以報忠賢者，未嘗薄於瑾，而幽暗中痛楚之狀，將使死難忠魂共臨鑒之耶？

安南國人

萬曆辛亥，溫州盤石衛獲得夷船二隻，凡一百二十人，稱是安南國。皆環目黑齒被髮，衣袷無幅，言語俫不通，而文字不異中國。相見以搓手爲敬。吹箬葉作聲有清韻。編竹爲舟，膠以木葉，舟軟如紙可掬。其序立似有尊卑，魁然而紅毘盧者，酋長也。初見人惟痛哭，既而引見上官，庭下偶答他囚，相與皇駭股栗。官發置各僧寺，十人爲偶，以兵守之，未免饑困，數日後有死者。酋長爲詩云：「微軀飄泊豈無家，只爲蠅頭一念差。昔日已曾朝北闕，今朝焉得指南車。夢魂自信歸鄉國，骸骨誰憐没草沙。寄語妻兒休問卜，年年泣淚向中華。」官稍憐之，爲給廪餼。郡人吴生在溫州親見，後竟不知作何處分。

施逵

施逵字必達，閩之建陽人，少負材名。建炎年間擢上第，爲潁州教官，秩滿還家。

值范汝爲叛據建陽，執逵脅寫旗幟，遂陷賊黨。韓世忠破賊，捕逵，以屬吏得旨編隸湖外。與妻泣訣，度無生還理，囑其改適。妻悲不自勝，盡鬻奩具，以給行囊。逵買一婢自隨，縱與防送卒通淫，所至宿舍，多市酒肉共酣洽。既數日，度二卒不爲備，且醉擁婢高卧，拔刃刺二卒及婢。乃變服易姓名，竄走淮滁之間。朝廷設賞格，圖形購之甚亟。逵自髡爲頭陀，入界山寺。主僧異其狀，試令供役，役惟謹，益察其非常人。夜深引至密室中，叩之。逵未敢深言。僧怒曰：「捕吏且至，深累老僧，欲爲汝覓生路，猶囁嚅作兒女子態。行縛汝送官矣！」逵涕泣吐實。僧曰：「子雖不言，吾固已知之。吾卧内有密緘并一襆，子自取來。」則預作書致虜中之某僧，襆内有衣一襲，白金數兩。逵感激伏地，哽咽不成語。即夜走六七十里，晝則伏深草中，十餘日乃達。寺僧見其詞翰，甚喜，使掌經典。逵於暇日習舉子業，易名宜生，明年舉進士。金主亮臨軒試《天子日射三十六熊賦》，宜生對云：「聖天子内敷文德，外揚武功，雲屯一百萬騎，日射三十六熊。」遂冠榜首，入翰林，至中書舍人。紹興庚辰，亮謀南犯，先遣宜生爲賀正使。憑狐倨慢，意氣研研。朝廷遣人爲訪故妻，復相完好。館伴使張尚書燾，屢爲言首丘桑梓，略不介意。出槖中千金，馳贈界山寺老僧。僧聞宜生入境，已避匿不知所在，留書勸宜生歸順。宜生覽書，笑而已，乃貯金爲葺寺。臨歧，顧張曰：「北風甚競。」張因奏爲備。宜生嘗有詩云：「久坐鄉關夢已迷，歸來投宿舊砂溪。一天風雨龍移穴，半夜林巒鳥擇棲。」

神驅蝗

戊辰七月，郡中復有蝗，細如蟣蠓，群集禾頭，又類蜘蛛網。鄉民相率禱於揚威侯之神，每夜燈火載岸，金鼓聲徹曙，所禱處設几案燈爐，蟲見火光而來，不甚爲異。及余之内兄家有病農，因病失禱，獨其所種一二畝萎黄殆盡，隣址分寸無恙，詢之他農，有因事未禱者，災亦如之。靈響若判，是可異也。於是敬禮加虔，遂感風雨之應。有老人阻風長蕩，夜聞空中戈戟錚然，推篷視之，見神在雲際，親執白旗揮指，若驅捕之狀，自北迤西而去。凡數日夜，風馳雨洗，禾净如拭，而蝗害頓除矣。

作對

巡按某，爲逆璫造祠，楹柱題語云：「至聖至神，中乾坤而立極；允文允武，並日月而常新。」因録其語以獻，忠賢讀之不解，問左右：「何事説黄閣老？」左右曰：「某御史爲爺作對。」忠賢艴然變色，取牘抵地曰：「多大御史，敢與我作對！」趣召緹帥。左右更爲之解晰，乃喜。是時海寇縱横，有渠魁至補陀設齋一月，手題大士殿云：「自在自觀觀自在，如來如見見如來。」其對至今在，而御史之筆已歸烈焰，且因媚而幾爲忤，曾寇盜之不若矣，悲夫！立極，閣老諱也。

卷之六

中州李鶴林抄

文太史

文太史衡翁嘗過其友生，坐密室中，主人未出，偃息於床。有門下客踵至，不知太史在也，竊篋中物，踉蹌而去。太史從帷中望見之。既而主人出索篋中，亡十金，太史乃謝曰：「適有所需，已懷子金矣，當償子。」主人唯唯而心訝之，反以語門下客。後太史果如期償金。凡十餘年，客病革，始詳語其子，且令詣太史陳謝，終不敢滅長者之德。噫！施不望報，固已難之，一段委曲回護隱腸，尤使人欲泣欲拜，可愧可死。至誠感神，矧人乎哉？彼門下客者，亦既知過矣。

癡兒女

黄氏内侄弱冠美姿，私於家人婦，情好篤至。父母不能禁，不得已遣其婦。將去之夕，抱持痛哭，傍人聚看，至見毆於夫不顧也。頃之，潛縊一室中，男臂繫女髮一縷，女臂繫男髮一縷，淚光滎滎，猶盈兩頰，而氣絶矣。噫！情之所鍾，乃至此哉？自來裙帶間滋味，斷送幾許英雄，寧獨此癡兒女哉？不癡不真，不真不癡，故癡人者真人也，幾何不爲死忠死孝者同此一腔熱血也。戊辰七月望後事。

鬼破慳

洞庭一富翁，使童子掃，墻下有光如螢火熠然，視之，銀錠角也，掘得二錠，止二十金。主人素慳，喜得非意之物，適其家有慶賀事，欲酬答親友，遂爲置酒讌樂之費。數日後，庭下酒甕忽起舞空中，良久墜地，聲瑄然而不損，累甕數十，次第如是。自晨及暮，方聚觀駭異，怪風自堂内出，沙石撲面，仆跌者滿地，目不能開，食頃始息。於是主入肅衣冠而拜於庭，聞空中語曰：「壁下藏銀自有主，乃徒手取用耶？」主人叩頭，服罪請償。鬼曰：「政不須償，得見享，幸矣。」乃張筵，命優陳鼓樂，凡三日夜，費如其數。席撤，而房内有異響如牛喘，主人復拜請曰：「既如約矣，神亦爽信耶？」空中鼓掌笑曰：「主人業賈，寧不知有子錢？」主人請更治酒。鬼曰：「日已厭飫，今設水陸齋醮可也。」乃延僧道七晝夜。未畢，鬼復罵庖人餁饌不潔，當更作。又七晝夜，空中謝去，主人又再拜請留神號。初大笑不言，叩之再三，乃曰：「郡城北寺内風流三官人，我是也。二十金原是主人櫃中物。數日來溷費約百金，聊爲子破慳耳。」群鬼笑聲如十數許，乘風隱隱而滅。

又新安汪七千遇鬼，與前事相類。七千者，歙中巨富，去城三十里而居。會暑月有事到縣，芒蹻斗笠，往返困頓。見道傍溪水清泓，試吸飲之。有七八人繼至，解衣而浴，汪亦隨入焉。既入，諸人便相捽没，一時眩悶，不能發一語。相持甚久，微聞岸上人聲，若相勸救者。水中人曰：「渠生平不捨一文，今日到此，豈容輕放？」岸上人曰：「第念我見放，當令渠以十兩相謝。」水中人曰：「財主性命值得爾許耶？」岸上人哀求不已，增謝漸至五十。水中人曰：「渠若悔當奈何？」岸上人曰：「以一草履爲質。」於是捨之。岸上人挽而登岸，昏坐逾時，開目視其人，則家奴來旺，徽人稱小郎者也。掖汪行五六里，月色初上，聞人家犬吠聲。來旺拜辭去，曰：「所許幸勿負約。」汪許諾，到家猶若醉夢中，困卧至曉。心怪其事，不言於家人，但念來旺作客荆州，安從至此？且既救我送我，又不同我歸，而足下草履，果失其一，則更可疑，爲之神情恍惚者數日。忽得荆州信，知來旺一月前死矣，汪始大恐，話其事於婦。遣人至其地設牲酒拜奠，而焚以楮錢五十束。是夜夢來旺至，曰：「本許五十金，奈何見欺？今當以佛事相酬，彼此利益，不然主人危病且至。」汪既覺，猶徘徊不肯。一日至外歸，若有人以物抶其臂，痛極大叫。明日癰發背上，焮腫處儼然類草履。其家乃妙請高祖〔二〕禮經懺，費恰五十金，而病愈。

鬼怕印

一空和尚，少年爲里役，持府牒入鄉。夜半歸至北濠之黑郎墳，月色慘黯，心念曠

〔二〕「妙請高祖」不通，似是「廟請高僧」之誤。

野狐蹤，倘遇鬼物當奈何，因大呼疾行。忽有短墻政撞胸次，迴身看，四面皆然，旋轉不得出，有言「鬼打墻」是也。遂閉目坐地，嘿念阿彌陀佛。食頃而豁然無礙矣。前行百餘步，草屋下三人向一火爐圍，見人來，遽呼曰：「且坐坐去。」又一人曰：「天寒夜深，况此地多鬼，何事獨行至此？」一空告之故，具言所見。三人共笑曰：「我輩豈作浪語！」一空掀衣就火，絶無煖氣，試以手撥炭，冷氣逼人，心知是鬼矣。徐思久之，探懷中牒向三人曰：「三君知府有異事乎？」三人曰：「不聞。」一空曰：「新到太守行文書，捕捉野鬼甚亟，今當從何處捕捉？」三人相視色動。一人曰：「文書須有印信，莫戲言。」一空出牒後硃印，皆失聲遁走，草屋亦無所見，惟古樹一株，木葉盡脱。視地下炭猶在，拾取三四枚，亟行到家，向曉視之，皆鵝卵石也。從此遂秉心空門，旦暮念佛不置，搆庵於下塘之唐錫作巷，時時爲人話其異。

盜　譴

奚氏壻徐，不記名，少贅於奚，有恩。及婚，長盜奚之藏飾以百計。奚，長厚人也，且以親故置不問。而室人未免交謫，居常含恨。鄉黨中既稔知矣，徐猶矯文其事，設神像於家，朝夕跪而詛詈。孟秋廿三日，徐以事至管家涇，將度石橋，以風雨甚，執傘徘徊。忽見童子立橋上，以手招之，走至半，風吹墮橋下，斷脅折脛而死。

聖斷

分宜之被疏也，世廟猶豫未決，夜坐煖閣，以金筯畫炭，連書「惡」字。獨有寵妃侍側，捧玉巵頻勸上飲。上注視久之，曰：「奴才銀子直使到這裏！」明日有旨斥謫。

魍魎

劉榜眼瑊爲諸生時，四鼓行道上。一童子執燈於前，至飲馬橋，忽狂駭反走。劉問故，童子口不能言，惟手指石坊，見二魍魎跨坐坊上，足垂至地，大可三四尺。劉瞪視良久，叱曰：「無畏。」徐行如初。聞二鬼相謂曰：「劉瑊來矣。」漸縮小如常人，入橋下水中而滅。劉以此自負，恒誇於儕偶。他日友人家有怪晝見，從空中與人笑語，稍不如意便辱駡，談人隱事，或加捶擊，甚苦之。有話劉前夜事，友人自往邀之。劉欣然而來，意氣矜詡。纔入門，空中糞穢雜至，大毛手自梁間直搗劉巾，覆面及頦。劉不勝慚憤而去。後數日，怪作悔恨聲曰：「向日秀才誠貴人，政以有心而來，輒加戲弄，不意爲社神所奏，行當見理。吾從此辭矣。」怪遂絕。劉以辛未及第，官至宮坊。常自謂蘇州止有一領半藍衫，其一自謂，其半杜芝室參議詩也。

還金

徐懷丘，本性馮氏。少年篤醇，爲王大父掌記，貲鉅萬任其出入。一日收得三千金，大父命之入帑，懷丘偶以他事留卧内。是夜群盜抉關入，劫帑中數千金。而懷丘出卧内三千金，語大父曰：「幸未入也。」大父異之，曰：「是幾不爲盜齎，而以顯子之不欺也。今以贈子。」懷丘復固謝曰：「竊之帑與竊之室，爲盜何殊，吾豈以三千金昧心？」竟不受。於是大父益信重之，禮待列於諸子，歷三世，年八十八，子孫皆爲青衿。

廣陵巨商某，挾重貲吴門寄寓。俞氏有號小汀者，往來有年矣。一日，商人偕僕數人，攜一練囊，買繒百餘匹，負擔而去，竟亡其囊。小汀試舉之，重不可舉，開視有五百金，以爲旦暮當見索，舁置櫝中。歲久不聞音耗，踰十五年而商人復來，已入貲爲郎，游宦十年始歸。置酒寒暄，都不問前物。小汀因從容説他人遺亡舊事，商人曰：「吾昔年亦有是事。自吴及揚，跋涉月餘始覺，亦不知其何地落阿誰手矣。」小汀乃開櫝取囊，塵垢積滿，商之封題宛然。於是舉座嗟嘆。商人徧述之同侣，遠近稱長者，舟車輻輳其門，遂以財雄於里，而子孫有至簪纓矣。

王太守聞溪，有故人子自浙西攜兩篋，質百金去，篋中皆古名畫及銅玉玩器，其直不貲。故人子者，浪子也，已蕩其先産，其願不過數金，大喜而去。去而落魄益甚，至不能餬其口。太守數遣人邀之，其子意索質，避不肯來。太守固强之，其子跼蹐而前，備言貧苦不能償，面赤流涕。太守微笑，袖出一紙示之，細開篋中某物直若干，某物直若干，一一還之。其子驚喜出非望，再拜稱謝，使人售易其物，更爲富人。

子方

今人讀《秋聲賦》皆以「歐陽子」爲句，「方夜讀書」爲句。偶有問者曰：「歐陽子方是何人？」皆掩口嗤之。及讀别傳，歐陽永叔一字子方，乃知向人之問雖憒憒，而嗤者政未了了也。

異疾

傅氏女奴，少年得背痛病，初病發之日，背□□奇痛而眩仆。其小姑爲之搓摩，見背上有小□微露白毛，以銀簪脚試挑之，挑得白毛升許如羊毛，病遂平復。小姑既嫁，又病如前，使他人依法爲之，莫效，乃迎取姑還，應手而甦。其後每發每如此，年六十餘而小姑死，其後病發，竟不治，詢諸名醫，都不識，亦方書所不載也。

上某相國書

不類奉世，守孔孟家法，讀祖父遺書，斤斤株守帖括，何敢妄談朝政。但賦性鯁愚，罔顧忌諱，自惟古人，秀才便以天下爲己任，又感憶前規，世以忠孝相傳。自甲子冬後，痛激時事，每廢書浩嘆，飲恨於魏、崔二賊，不能不推本於閣下矣。閣下驟膺首揆重任，破格晉秩太師，寵眷莫並，自當赤心報國，誼無所逃。況值顛危之際，一收補浴之功，時尤難諉。安宗社，澤蒼生，桑梓蒙其餘庥，勛業留於天壤，誰能掣首輔之肘而變易之哉？嗟乎嗟乎，吾崑先達如魏恭簡公、葉文莊公、朱恭靖公、周康禧公、張烈愍公，後先輝映，大要人品端方，忤權逆左，立德立言立功，著於竹帛，以爲後進儀表，子孫世濟其美。不圖世廟甲寅，倭寇災崑之日，忽生閣下，庸軟奸貪，胸甲腹劍，襲杞、檜之衣缽，冒魏、客之箕裘，如所謂欺君賣國，作俑逢迎，拜子認孫，種種罪狀，以貽吾都邑羞，可恨極矣。夫魏、崔既不容於堯舜之世，而閣下擁金錢數百萬，煽毒生民，獨宴然無恙，得毋倖九重四海知魏、崔之罪，不悉閣下之罪耶？試以二犯之罪案對證之，閣下殆有甚焉。奉世居平謂閣下未躐揆席之日，忠賢、呈秀固自在也，何以不聞逮一人殺一人也？閣下乞假歸田之後，忠賢、呈秀又自在也，何以不聞逮一人殺一人也？則是忠賢之誣陷忠直，肆行慘殺，無天無王之罪狀，洵皆閣下逢之長之，隻手蔽天，即欲百口辨釋，其何説之辭耶？乃當事未有特糾之者，衹因閣下效王莽謙恭，工林甫口蜜，偷寒送暖，脅肩諂笑，善竊忠厚名，巧飾老實狀，若使不肖知而不言，是大義終不明於天下，而後人鄙夫復身犯無將，公然叛逆，患得患失，無所顧忌矣。按閣下之罪惡，據耳目見聞者百千萬億，謹摘其大罪三十款，爲其關綱常名教，奉世不勝夷狄猛獸之懼焉，敢爲閣下直陳之，可乎？高皇帝律令，内官不許干預朝政，煌煌聖謨，誰不稟爲蓍蔡？閣下首父忠賢，刱始率兩廡叩呼祖爺，鑽求大拜，令賢宰相掛冠長往，遂與忠賢、客氏表裏弄權，陰謀不軌，自非聖主當陽，則社稷幾傾，此大罪一也。祖宗不聞有内操之制，閣下陰蓄死士，與群奸密謀，弄兵宫闈之地，飛石擊砲，驚殞皇嗣，一旦變生肘腋，爲之奈何？此大罪二也。無何而遣璫分鎮矣，九邊重地，封疆關係不淺，唐宋宦官觀兵，垂戒甚切，閣下宫府之權，一手操之，誰爲首肯？及丁相公密揭力争之，不從，至被閣下毒毆於朝房而卒。蔑祖宗之成憲，殺朝廷之重臣，此大罪三也。於是而傾陷中宫矣，聖母張太后儀型萬國，天下咸佩周南之化，閣下從中挑釁，試問張皇親被讒之疏，誰爲嗾之者？至使踉蹌出都門，母后幾不能安其位，此大罪四也。楊中丞首劾賊璫一疏，丹心浩氣，凌耀千古，暨魏都諫清忠大節，海内景仰。閣下以移宫之案，如左、如袁、如周、如顧，一并駕禍。又借封疆之案巧捏受賄，毒比慘殺。二祖列宗之靈，必有恫乎不安者。閣下主謀助煽，奉行之不暇，但知有忠賢而已，寧知有先帝乎？但知爲猳艾斬刈正人而已，寧知爲先帝培忠直乎？閣下謂出廠臣之意，吾弗能救也，試問何人秉政，何人票擬，獨不肯片言忤之，去就争之，甘心塗面，依阿淟涊，將焉用彼相耶？忠魂化碧，五月飛霜，使皇考顧命大臣身首異處，此大罪五也。於是而殺人手滑，今日逮一人，明日逮一人，如高景老、周蓼老、繆西老、李仲老、周季老、黄鮑老公祖、周綿老諸名賢，又相繼屠戮矣。緹騎四出，人情洶洶，閣下若高卧不聞耶？且呈秀身無票擬之權，猶罹四凶之誅，則借魏殺人、唆魏殺人者，更當何如？冤沉海底，白日無光，令閣下當時稍留惻隱，略忌公論，忠賢縱窮兇極惡，亦何所恃而敢於至此也？使忠賢早出片紙，逼令弑父與君，閣下必曰祖爺有旨吾從而奉行之矣，此大罪六也。封伯進公，非開國元勛及戡亂大功不得與，逆璫何故濫上公之封？魏良卿何人，冒肅寧之襲，豈真閣下碑文内所云勛高社稷、券破山河者乎？於是諸臣不肯票擬而門下票擬矣。宜乎陳太史明卿之不草寧國公敕，出不意傾之也。貂璫一門五侯七貴未已也，閣下又與崔呈秀勸進九錫，反因忠賢慮公議而止，無怪乎君家之生磨璽丞，月給俸米，婢妾遍蟒玉也。此大罪七也。《三朝要典》[一]顛倒是非，當時執《春秋》之義者，如冢宰趙儕老、宗伯孫淇老、御史大夫鄒南老、高景老，糾參諸骫法賊臣，嚴萬古綱常，凜三尺法紀。閣下力主邪說，一概抹殺，反誣以不根之謗，禁錮之不已，必欲殺人以媚呈秀，而卒令景翁自投湘水，儕老諸公荷戈窮邊，此大罪八也。忠義殺盡，豪傑黜盡，便欲焚書坑儒，而東林書院折矣。東林自宋熙寧間國子祭酒楊龜山振其鐸，迄於本朝顧涇老、高景老繼之，延四方賢士大夫講學肄業其中，以爲杏壇片席。諸君子一片接引後學熱腸，閣下矯旨拆毁，不惜以其身爲蔡京、韓侂胄之續，於是書院拆而宦祠興矣，此大罪九也。所可恨者，三殿未成，邊庭交訌，正連年加派、司農仰屋之日，而吸民膏髓、糜費金錢數百萬，建祠九重，擬於宸居。閣下廣撰碑文，訟功德則崇之爲堯舜周孔，半伏受禪之根，全作配享之案。三綱既絶，遂有鄉邑無賴陸萬齡、周洪璧、鄭玉清等聲應氣求，公然不知禮義廉恥爲何物，

[一]『三朝要典』，原誤『三朝典要』，據史文改。

詐陷之害，遍於海内。孔子曰：「始作俑者，其無後乎！」此大罪十也。經筵講讀史臣，闡發義理治平微旨，俾聖德日新，正大臣引君當道之事，而閣下反曾時疏，請罷鄉會例用程文爲式。閣下乙丑春闈主試，遽廢程士之典，豈伏獵宰相、目不識丁耶？仇正學，滅祖制，此大罪十一也。長君自倚如花，承恩客氏，身著繡袍，結拜魏良卿，置酒私室，竟日歡飲。依依忠賢之膝下，到處追隨，閣下一門盡作貂璫弄兒，此大罪十二也。閣下七衮方週，五月初六誕辰，同黨群聚觴賀，口稱萬壽無疆，上天震怒，即刻有皇恭廠之變，遍京師烟焰瀰漫，射火擊石，群奸驚散，隨有天象示警，靈臺進大臣謀上之占。閣下惡其觸忌，而欽天監官遂被黜逐，反自誇曰：老蒼也奈何我不得！敢於無天如此，此大罪十三也。先皇帝鼎湖遐升，四海遏密八音，閣下執政大臣，受希世之寵遇，乃凶問甫至之日爲九月初八，閭巷小民盡憂疑警震，閣下次早蟒衣黄蓋，閤門置酒山巔，登高長嘯，遥爲忠賢山呼嵩祝。及詔至之日，哭臨甫畢，入門清管齊謳，盛張綺筵，羅列聲伎，演《白兔》、《玉合》諸傳奇，又朱筆縣示，書敗御諱二字，親犯聖諱而加「敗」字於上，遍粘蘇松，何無禮至此！最後聞忠賢之誅，父子相對飲淚，廢飡累日。嗟乎！忠賢生則遠進壽表，死則一門掩淚，假父子之恩何重？真君臣之禮何輕？此大罪十四也。甚至建立牌坊，閣下指授「帝師元輔」四字，即平日所用玉篆印章之文，直欲門生天子矣。且石坊四字横書並列，而置帝字於邊側，尤屬無禮。宰相建坊，何難隙地，乃妄據妖占，必欲據奪旺相，至毁三尚書故址，白占周司馬遺房，拆卸良民居室，使宵啼露處，此大罪十五也。中涓媪相，非椒房不得擅用。閣下歸里私居，蓄閹宦楊官兒等，花晨月夕，侍婢蟒玉如雲，已自擬於天子矣。無故陳兵里第，警砲號旗，軍器火□，又種種演習，謀叛顯證，此大罪十六也。錢糧國家重計，仰給東南尤甚，連年四方蠢動，催科日急，小民箠楚血比，救死不暇。閣下以敵國之富，侵欺糧銀數萬兩，除赦外尚欠八千餘兩，盜帑竊鈎，欺君賊民，無所不至。萬曆年新例：欠官錢糧至四百兩者斬。神宗皇帝立法如山，聞有曾犯此律者子代父誅而無赦，不假孝子，豈宥賊臣？此大罪十七也。韓浦州平章相業偉然，久係東山之望，天下皆知爲祥麟威鳳，他不更僕，偶就吾郡，如錢受老、姚孟老、文文老、陳明老，餘削籍諸名公，多海内真人品，望之如慶星慶雲，天半朱霞。閣下概借「門户那党」四字一網打盡。此數君子者，使不遇聖明御極，有入林不反，長往商山、鹿門間耳。閣下惟恐捲土重來，必使異己悉鋤而後快，此大罪十八也。陳令威老師、閔符婁老師，非本縣賢父母乎？第爲其廉明正直，風裁矯矯，居官不畏强禦，並筈責其豪奴須勤等，苞苴不入權門，盡被逐出，卒令賢父母抱不白之冤。此大罪十九也。王石老、陳元老、李瑶老、顧瑞老、陳雲老，非本邑賢紳乎？石老清修狷介，留心學問，閣下宜亟薦之當宁，以風末俗，而投置閑散，不得展其夙抱。元老端方嚴毅，爲鄉黨敬服，當事欲置之銓曹，而閣下惡其巖巖氣象，方摧折之。瑶老以剸風之才，慷慨任事，因趙儕翁之推薦，繼補銓司，而又借門户削籍。雲老司李杭城，飲冰茹蘗，玄淡清恪，六載一日，以行取至京，閣下先餽食品十六盒，冀投桃報瓊，及雲老所答僅浮二盒，遂大失望，置之冷曹，即一臺省不可得。使朝廷黜陟，盡作權門市販，可不謂玩弄朝政於掌股之上乎？顧瑞老金玉其質，守身若處子，甲子典試，以程策譏切逆璫，閣下阿附獻諂，並如方、如章、如李、如陳、如丁諸賢，一概削逐梓里。大夫之賢，咸供閣下刀爼，此大罪二十也。三年之喪，天下之通喪也。孔子曰：「子也有三年之愛於其父母乎？」孟子曰：「雖加一日愈於已。」閣下長君何故母死不喪，擁翠蓋，乘香車，紅樓大道，挾妓揮鞭，式穀之謂何？此大罪二十一也。都察院都事王尋源，非閣下長君之令岳乎？尋源富甲三吴，可方閣下，閣下百計逼索，坑貲二百餘萬及膏腴莊園、金玉玩器、書畫骨董，一罟收之。利盡交疎，停妻别娶平江伯族侄女陳氏爲婦，閣下於心安乎否？此大罪二十二也。鄉先達少司馬吴竹老，清操古行，一廉如水，豈期兩世雙塚，鄰枕相府後園。閣下占據，鑿池開壙，朱袍儼然，乃焚其骨，揚其灰，取古鏡玉魚，築金谷、郿塢於其上。嗚呼！地下一窮侍郎之骨耳，不知何罪而罹此慘毒，是可忍也，孰不可忍？此大罪二十三也。先姑丈張黄門可庵公，精忠大節，宇内共欽。昔年功在國本，迄今讀其掖垣諸疏，凛凛有生氣。及贈官太常，當事諸君子有易名之舉，閣下以迕己故，力爲阻撓，議遂寢閣。先表兄諸儀部敬陽公，直聲素著朝當，有上宰執、儲建諸書，救海忠介疏，侃侃不回；又己卯貴同籍也。閣下假揑吐契，虎踞其田四百餘畝，致賢公子受不白之疑。又歲朝投屍其門，誑詐人命，自奪其奴季榮莊屋，築造墳墓，自誇應「三江出帝」之讖，而主僕立掃千金之産。又如大參朱明老淳介清古，現祠名宦，有遺僕王承祖，其妻鍾氏稍有姿色，兩郎君廻車窺見，夜半劫之而去，朱氏理告不從，反毆辱其孫青衿朱日炷，衣冠共憤。何比部璞老清風奕世仰止，閣下羅織人命，而廣訐其兩公子。至憲副孫默老，忠孝兩全，亦吞其孫腴田幾百畝。不知閣下他日何以見先輩名賢於地下？此大罪二十四也。先年伯祖京兆王華老、治中王念老，非閣下父執乎？聞閣下未第時曾受知於兩公，近王氏逆奴龔元四等鎖械炙毆幼主生員王廷銓，弑逆大變，人人髮指，閣下受逆奴莊房肥田三千金之賄，曲爲庇護，使官府不敢正法。事關風化，閣下身以臣叛君，教天下以奴弑主，此大罪二十五也。國家三年比士，係賓興公典。昔年顧文康入相，有增科額十名之例，通學援例以請，閣下借光多矣。而先撰書稿，呈送三等前十名諸友，每名厚索謝儀。又各臺府縣考較，以次定價，一百金以上者准得冠軍，一案之中，什九爲相府居積。此孤寒力學之士仰天浩歎，詩書氣短，黄金有靈，此大罪二十六也。青衿即有罪過，褫奪出自學臺，有司亦不得擅其權。去年以重科宿債而戒飭庠生陸惟貞、陸促芝等，毆殺廪生王國璋等，膠庠怨氣，陰霾障天，此大罪二十七也。更有可駭者，如去年青浦土豪曹氏以弟殺身，此屬何等大犯，而苞苴一入，作書官長，謂兄弟互毆誤死者無罪，則立刻釋放矣。顯示《大明律》之罪可翻，而地方尚知有紀綱否也？此大罪二十八也。大盗結夥晝劫甫里富室李發，居民告官急捕，大盗竄靠相府，立呼狼僕抄搶一空，李媳驚憤，自樓投河，狼僕虜歸，裸形恣意淫亂，反以陷盗告發，父子羈死。凡如此類竄盗詐陷，不可勝數。此大罪二十九也。東吴自天啟四年、五年水旱頻仍，民不聊生。去歲崑邑螟螣奇災，咸謂閣下在政府戾氣所致。及十月中颶風潦雨，稻穗靡有孑遺，不異吴江，諸紳力懇報荒，閣下獨禁官申請惟心准荒，而佃户不肯輸租，公祖父母爲地方一片苦心，抑鬱無可告語，而槩縣軍儲反踞千八百石。銅山金穴，猶然察及雞豚，不奪不饜，此大罪三十也。閣下試思三十大罪之外，其造孽於三吴子弟者，真百千萬億，即如崑七十二區，無區得免，狼僕一至，如風捲籜，孤兒寡婦之哭聲震天徹地，有投河赴井者，有投繯飲藥者，有拷掠桎梏身無完膚者，有賣男鬻女夫妻子母抱頭而泣者，孱弱子姓，椎心泣血，敢怒而不敢言，不知幾千萬餘家已客冬。不肖泊舟維亭，親見盛僕統領快船數十隻，共執鄉人，毒毆立斃，爲之酸鼻切齒者久之。石浦大鎮，民千餘家，中多富人，兩郎君抄没之令一下，三日間石浦市廛爲之蕩盡，慘毒極矣！閣下近日營造地窖，藏金千萬兩，以藥酒鴆殺工匠，不使洩漏。獨不思去年錢神夜哭，閣下躬爲拜祭不止，此非悖入悖出之兆乎？風聞言事，言官職掌，閣下當日爲忠賢計，使字馬之鳴必斥，今又輦金百萬，遣次君入長安，廣布金錢，冀塞當事之口。恐聖主垂旒，滿朝君子，公論豈容獨逭，竊爲閣下危之矣。豪奴門客仗閣下勢焰，以爲泰山之倚，而一朝冰山勢頹，昔之倚勢者又轉而之他。閣下不見朱門黄犬故事耶？忠賢、呈秀，而今安在哉？邯鄲一夢，可以醒矣。閣下居平每向賓朋談及逆璫，必尊之曰「重臣」，必私之曰「好人」，又言此局當與國運相終始。嗟乎！臣子豈忍出諸口哉！不肖不幸與閣下同里，惟是素懷直道，忠孝如火，下筆□覺，盡成法語。知閣下必恨入骨髓，即再試辣手，亦付之無如何而已。閣下及早改圖，猶可收□以震鄰之戒，保桑榆之年，縱死不免閻羅之□，生或寬聖世之誅。此又不肖所盡忠於閣下者也。若仍怙終不悛，恐生則放流誅殛，死則剖棺戮尸。雖富過周公，何益哉？冒瀆臺嚴，臨函悚悚。崑山縣儒學生員歸奉世頓首啟。

鬼藥方

三板橋織絹人子，年十七，傭於東城。每夜有女子就宿，自稱主人女。月餘病瘠如枯骨，乃歸於父，爲醫療不起，且革矣，始實告其事，願一見此女瞑目。父憐其意，特造主人而難於出口，第言子病篤之狀，主人惋惜而已。坐頃之，主人子至，曰：「舉殯選某日。」織者問故，主人曰：「有二子一女，不幸去年女病死，今須權厝僧寺耳。」其人大駭嘿然。備述於子，子泫然曰：「鬼亦吾婦也。吾幸未死，當於厝日送婦喪。」父初不許，後見病差減，且其念堅，扶杖起之，載以舟，至虎丘之玄明庵。遷延日暮，主人喪事已畢，盡室還矣，一棺閴然，紙灰猶煖。其子憑之搏顙，哽咽不成聲，奄然遂絶。

父大號慟，僧衆聞之而來，爲移至别室。其父寢子婦傍，將以明日買棺爲殮，夜半搥榻恨曰：「吾年踰四十，止此一子，爲妖鬼所殺，行當訴之神明耳。」徐聞窗外哭聲甚悲，數問之不應。倏有女子藕衣翠裳，推窗向父斂衽曰：「兒即東城女也。感令子情厚，幽壤之中，孤魄摧割。特乞秘方相授，如法灌之，當更活，不復相恨也。」出袖中片紙，寫六字，云「張濂水先生傳」。織者方就看，聞曉鍾聲，珊然無所見，并失手中紙矣。燈火尚明，目睫未交，初非是夢。即扣僧扉，索盥洗，偶睹壁間粘紙有舊藥方，其後六字宛然鬼袖中筆跡，因詢之老僧，話夜來事。老僧云：「昔年小沙彌病瘵，得濂水數劑而愈，録其方，三十餘年矣。既爾靈異，何不試服之？」織者自念其子病久，死且竟夜，必無是理。庵中僧適有業醫者，藥物甚備，老僧爲親煮一甌，令其父扶死者之首，首項挺直，冷於冰，重不能舉。父含淚摇首，老僧强之，乃進之以匙。未半，腹中轆轆有聲，老僧喜曰：「活矣。」然捫其體，骨稜稜戟手，毫無温氣。自卯至巳，死者之母及幼妹親屬號哭而來，僧輩皆出，織者亦入城。一更後載棺抵庵，獨持燈入門，喚人舁之。微聞暗中語云：「藥内少生薑，老和尚誤事。」老僧坐房内亦聞此語，亟視紙上，果有生薑，倉卒未見也。復如法煮一劑，而死者之母哭罵云：「淫祟殺吾子，安得復信此怪語，趣沐浴更衣耳。」乃爲之浴，覺手足稍軟，其項可屈。老僧煮藥已熟，復置之榻而灌之，腹中復有聲如前。母亦驚異，姑緩其歛。老僧使織者向口吸氣，口冷不可着，吸數口，氣從鼻出，終無可奈何。半夜後，父倦而假寐，復見女子至，曰：「何不用母氣？」因吐三舌而出。天明以語老僧，曰：「母氣者，可使賢壼自吸之，三舌爲『活』字也。」母試吸而冷氣衝人，乃含藥泌入，入數口，其齒微開，母淚偶滴其目，目露一綫，稍稍揉其肢，忽引臂抱母肩，有息若蠅聲。母遂執其手，乳名呼之，若張目，須臾旋閉。房内數人，一時盡譁，老僧止無動，以枕易其頭下冥楮。静俟至午，而臍下微溫，漸至心坎，手足自舒，能展側矣。母復微呼之，即微應，兩目遂開。徐調米湯進之，盡一杯，又閉目如睡。須臾言餓索粥，猶仰而呷，未能起。晡時喚母試扶我，母妹共扶之。坐有鄰母者，手摩其背。子忽問曰：「母不於昨暮採花庵前，幾爲遊蜂螫手耶？」母驚曰：「誠有之，爾何以知之？」曰：「我政立樹下，喚母，母不應，我以袖撲蜂也。」又言：「主人載酒一罈，豖雞魚各一來祭，舟阻皋橋下，其人今將到矣。」語未畢，果見擔盒入門，主人之二子隨其後。父迎詢之，自晨出門，因水澁艱於行舟，來遲遲也。是夜仍宿僧房，了不異生人矣。明日，與載俱還，鄰里扣問者踵相接。子具言：「絶氣之後，便見前女，携手遊戲甚歡。後聞父母哭聲，女亦慘然，携我入僧房看藥方，明白見自屍僵卧，欲附合，再三不得。既見我母吸氣，女從後推我，遂得醒也。」是後女夜必入夢，凡飲食寒煖一一教之。又云：「子雖不死，元神未復，我聞之庵中伽藍張先生，當於某夜至虎丘看月，更求神方耳。」子問：「張先生何神？」女云：「我亦不知，但土地諸神甚相敬重，當是仙吏。」三日後，果持丸方來，藥止四味，如法服，月餘而體充如舊。女笑謂子曰：「自子再生，憐念良苦，今幸無恙，願更求合。」子欣然，將就之。女曰：「蚤也。」袖中復出一方，曰：「此亦張先生所授，人間得此，交媾可成地仙。期於明之夕爲吾兩人了債。」其後雖與之合，而精氣無滲，益融然暢悦矣。如是年餘，女夜別去，曰：「冥緣已盡，昨被攝托生，從此不相見。」子牽衣大哭，蹷然寤覺，遂絶。今其人白晳修偉，别有室，多男，惜其方不傳。

見怪

錢尚書邦彦，總角時讀書僧寺，每夜有被髪赤面鬼窺於窗外，諸僧怖懾不敢出聲，公夜讀自若。老僧喜慰之曰：「所謂見怪不怪，其怪自壞者也。」公笑曰：「一一『壞』字作人我相，當云『見怪不怪，怪自爲怪』耳。」是夜寺僧聞二鬼相謂曰：「聞尚書言，豈不自愧？吾輩便當遠避，無犯貴人。」自是不復有鬼矣。昔蘇文忠誦觀音文「念彼觀音力，還着於彼身」，戲改云「念彼觀音力，兩家都没事」。一時謔語，具見平等心，政與尚書前後符合。

狗精

山塘戴氏，富商也。家人於白晝見一老翁從厠中出，倏忽不見。後每日暮，輒彷佛露形，有時被髮，時衣冠於梁間刺刺作語。初甚怪異，見必持刀仗驅逐，投以火炬爆竹，老翁都無所畏。已而相習，漸與之接談，家人悉呼爲「老官」。戴商無子，多姬妾。老翁常以佳菓相啖，妾名壽者餉遺之多加厚。一日壽啖福橘，分與同伴一枚，從空中奪去，且笑曰：「吃别人物，不羞！」群妾共罵之。老翁從床下走出，揖謝甚恭。一妾持竹竿欲擊翁，翁摇手曰：「莫打莫打！當有小東道，請衆姐姐恕罪。」須臾，桌上陳設菓肴，豚蹄二隻，熱氣猶騰騰然。主人在門外聞對門酒肆喧言：「適煮蹄方熟，開釜不見。」又三四閧客坐肆内，方對案未食，悉變空楪。主人心異之，入語諸妾，乃知是怪所爲而秘不言。心念神仙廟楊道士善治怪，當延至家。方爾籌思，已見老翁前揖曰：「主人莫作是念，楊道士堪嚇野鬼，安能奈我何？且我在爾家，初不爲禍，何用見逐？」主人嘿然良久，曰：「適到酒肆作賊，外人聞之，此禍不細。」翁笑曰：「甚易事耳。」須臾又聞肆中言：「梁上擲一紙包，内有銀五錢七分，正合失物之數。於是主人任其出入。翁爲之司警門户，防護畜産甚謹，其家既不見憎，反藉之矣。他日主人遊於杭，以鎖鑰囑掌記，語勤惓不止。老翁從旁曰：「但去，有我在，何慮？」主人去月餘歸，舟抵葑門，翁迎候岸側，躍入舟，具報家中纖悉：「某人於某日賭失錢若干，某夜宿娼家，同某某飲酒若干。一家之中無不竊主物者，獨有一表侄秋毫不取。可任家事者，此子也。」主人先有螟蛉子，已聯姻巨室，至是將與之婚，選吉矣。老翁嘆息曰：「吾觀某郎命薄如紙，心狠如羊，恐年算不永。亦曾見所聘女郎甚有福氣，非其偶也。」某郎聞而大怒曰：「老魘妄言，何不轟雷震殺！」翁笑曰：「我不怕死，只怕死到你。」未十日，某郎自外醉歸，暴心痛，半夜果死。死後三月，姻家遣媒詣門云：「昨有高年詣門惠顧，知爲令表侄續前好，願一識東床。」主人唯唯，出見其表侄，倉卒款媒，詢高年形狀，云：「是幅巾玄衣，鬚髮盡白，自稱君家内親也。」主人已知爲老翁，托辭別去。其後姻家聞其故，乃大恨曰：「安有好人兒女用鬼作媒？」竟不肯。夜與細君共談，聞床後咳聲如劈竹，大言曰：「若戴家親事不成，禍至無悔。今夜先看月香作樣子。」其家舉室惶駭。婢月香年十五，侍立座後，遽仆地狂叫，惟以手指肩背。解其衣看之，赤痕隆起，奇痛不可忍，頃刻成疽矣。老翁歸告於戴：「姻事已諧，急擇期行禮。」戴亦託人殷勤爲請，其家不得已，遂許焉。伉儷克家，竟承戴氏後，如老翁之言。居三年，老翁謝去，曰：「法師且至，我當遠避。」遍揖内外家人，雖童稚亦爲撫摩，若不忍之狀，灑淚而別，絶無音響。後半月許，有頭陀乞食，具訪其事於戴，知其去，甚嘆恨。戴問何怪，頭陀言：「天目山狗精，生於宋理宗之世，幾四百年矣。道人欲收用之，非有惡念。渠懶於役使，三度見避，深可惜也。」

汪氏妾

楚汪生，年長無子，買妾吴門，美而慧。居數月，汪生之妻自楚中來，凌若妾百端，至投井而死，悍妻復歸楚，井遂廢不復汲。而其家無別井，取給於鄰，甚不便，乃更鑿，石闌而窄其口，容絣綆而已。久之，小奴取水井上，見妾端坐，揮扇招之。奴駭而走告，男婦數人共往看，鷩然入，如墜石聲，水珠濺起。此日後遂日日見之，着淺紅衫素裙，不異生前態度。初在簷前，漸至門外，後漸至中堂，遍一宅之内矣。汪生夜會客，十餘步之外，妾憑欄睇望，或有持杖相驅逐者，生惻然憐而止之。爲之延僧誦經，夜聞井邊涕泣，既而誶語曰：「生前薄命，安用此酒肉和尚！」哭徹曉不止。繇是家人時與共笑語，白晝無所避矣。汪生有表弟遠來寄寓，聞是事未信。其人弱冠容止，善吹笛，醉後謔言：「有美如此，即鬼亦願見。」言未畢，妾倚窗目視而笑。少年驟見姝麗，目奪神摇，且驚且喜，曰：「世間有如此不怕人鬼耶？」妾亦曰：「世間有如此不怕鬼人耶？」大笑而去。同座五六人皆笑，少年終不信，以爲人而妄言怖之也。明日復徙倚窗外，因尾之，轉入他室，手掩門而露半面，秋波一剪，門闔然，推之不能入。於是魂銷不能守情，凡十餘日不復再見，思暮見於寢食，常對案不舉筯，終夜目不交睫。偶於月下橫笛三弄，入調數聲而嫣然來矣，躍起遽抱持，不肯捨，亦了不爲異，但顧而微笑曰：「且畢此曲。」少年曰：「見子手軟骨酥，何暇更吹？」遂取笛，就少年懷中嗚嗚十餘聲，復笑曰：「我亦爲爾心動，奈何？」擁而入帷，情好始於此夕。半年之内，一家盡悉，少年都忘其爲鬼。獨一老傭常爲之規阻，輒見辱罵，傭後亦不言。會中元節，家人向井設饌，鬼出見曰：「捐擲以來，苦腸欲訴於主人，慮以淫穢見尤。某郎壯齡豪膽，實欲藉力以報私恨，非專爲情合。此月數盡，當别去。傭輩何知，久爲呶呶，煩爾輩爲我語主人也。」家人既習於聞見，不爲應。又五日，日至巳而少年猶未啟扉，踰窗看之，行李依然，長笛掛於壁柱，竟不知所在。至暮燃炬窺井試呼之，應聲朗朗，而井孔絶小，無入理。再呼再應，乃大駭，亟發石縋人下，視少年僵卧，心冷於井渫矣。其明日，遂見兩人攜手而出。凡月餘，寂無音響。後有傳楚中信：悍妻以十月朔渡江上塚，覆舟鸚鵡洲，見妾捽其髮，一男子牽其裳。幸長年救，未絶。病卧於床，禱請再三曰：「小娘子自有冤，彼少年何人？」妾坐房内罵曰：「我一孱女子，罔識道路，非此郎安從到此？」共相捶擊，遍體青紫，號叫數十日而死。

不退婚

金陵下關史老，奉佛甚謹，而其子常非笑之。一日父子共飯，舉一臠肉揶揄父曰：

「此味何如麪筋豆腐？老人徒自苦，何日成佛也？」父合掌稱罪過。其子飽飡而高枕，即有兩青衣喚之，子不肯行，曰：「晝眠政熟，無事安之？」青衣笑曰：「無事有事，不容爾我做主。」掖起行出門，度峭壁深溪十餘里，望見城門，金字題曰「地府」。子乃大啼曰：「我其死耶？」青衣推入門，門内鐵鎖粗於臂，闌截背後，不得展側。前有飛禽百十頭群噪啄之，頭面流血。子仰天號血，見雲際隱隱幡幢鼓樂，導引數十人，而父亦與焉，遂大叫求救，杳不相聞。忽有黑犬躍出，嗥吠救護，久之，諸禽乃去。繼而群豕來嚙，兇惡更甚，犬救更力，豕去。而十餘牛奔走憒觸，困苦不堪解，犬勢既不敵，氣亦衰竭矣。迫急無計，於是跪地高聲念佛，前兩青衣至，連叱牛，牛亦不見。青衣顧謂子曰：「皆爾生平食物性命也，此味何如麪觔豆腐？且不見雲中爾之尊人耶？」子但叩頭請罪。青衣引入一廨宇，甚卑隘，官判字云：「史某簽到。」即具牒送閻天子。天子居大殿，殿九級三層，侍衛千萬，車馬旌旗劍戟森立墀下，寂不聞謦咳聲。子伏最下一級之東偏，一銀帶緑袍官人捧牒趨上殿，久而趨下，傳旨云：「付查勘司發落。」夜叉左右百餘，應響如雷震，以皮帶蒙裹，曳之而行。轆轆然不知行幾許，擲地出之，又是一官府。官着淡紅袍，面正青色，黄鬚戟張如蝟，左右侍立者皆青黑臉，朱髮尖喙，堂兩傍架文簿，自地及屋梁幾滿，濶大於門扇。子甯伏股戰以聽。官歷詢簿上，皆知識已來所犯罪惡，年月時刻大小載甚詳。官閱至一款，喜問曰：「汝婦某氏一目盲耶？」子應曰：「然。」官又問曰：「盲於聘後，有倡退婚之議而汝不肯耶？」子應曰：「然。」官爲之拱肅而起，曰：「可敬。此一事足以釋百愆，陰司甚重之。特以謗佛嫚父爲疵亦不小，又甚爲陰司所惜。故遣吏追來，顯照冥路，政欲相成善果。適來黑犬，昔年縛於道傍，行入鼎俎，汝以二百錢買救者也。誰謂物命可輕，報應有爽？世人昏迷，既分毫不發善念，又恣情戕殺，業根深錮，陰司無可奈何，付之沈淪，庶幾自寤而已。今送汝歸，兼語衆生勉爲善。」遂揖而出。有肩輿在門，乘雲際渺渺，望見江岸邊屋宇彷佛是其家，從輿内側身看之，不覺下墜，通身流汗而醒，窗外日影初斜矣。亟問盲婦：「父安在？」婦言：「午飯後無事，方看經。」即倒屣就其處，跪話所夢，願向佛前懺悔向來罪過。父且異且喜，爲設懺法道場七晝夜。父子頂禮虔誠，從此闔門奉佛，而一方之内，茹素戒殺者十且七八矣。白門友人具言其事如此。

卷之七

中州李鶴林抄

熟稗

豫章孝廉某，三場後甚不得意，將束裝，夢有神告曰：「熟稗之得未報，何以歸耶？」三夜三夢，遂留，果與鹿鳴而歸。以告母氏，母涕泣曰：「汝父曾爲人傭，主人方搆隙於鄰，當播時，以稗子斗許令汝父夜布於田。父念其鄰貧，以田爲命，爲之必傷稼，又重違主命，乃熟蒸而置之。爾時汝尚未生，不知以是報也。」後仕至郡守。

銀變

齊門周生，與鄰人子五六人游虎丘，至轉藏殿，内有姓葛者於轉輪上拾一匣，有二十餘金，私懷之，詭稱腹痛，捨同侶而歸，奔告於婦。婦喜亟，趣贖簪釧裳衣，凡五兩一錢，全用一錠，又鑿半錠。明日周生問疾，見葛歡笑無病容，再三詰先別何故，葛不能隱，語實，且留周生飲，復用一錢五分。既別去，葛獨持銀買米，米肆人以爲銅。葛與之争論，不服，適周生行過，引與共証，然取視果銅。葛詫曰：「安有是？其半在典中，不過數步可問也。」因共至典，索其半錠，則紙包未動，璨然真紋銀，鑿痕斜縷可合，但與買米之半黄白異色矣。葛沮駭無語，周亦甚爲異。隨至其家，視匣中物，悉是銅。夫妻相對嘆恨，竟莫能解，而葛猶好藏之，二三年内常出以示人云。

瘟印

近日村民訛言，瘟部察訪有罪者，印記之，其在胸腹腰背四肢各異，印亦大小不一，皆赤痕方正。患者死相半。余姻史氏僕名李恩者，自鄉入城，卧舟中，晨起盥面，見兩手心各有方印十指上，細作篆書，墨痕如涅，濯之不能去。以示人，人不能識。病月餘而死。

昔倭寇内訌，婦女被掠者無數，皆載以船，焚劫之暇，群聚裸而淫之，稍拂意即揮刃，濺血滿前，群婦戰栗吞穢，病死委棄無虚刻。有婁東陸氏婢，亦在掠中。婢潔白姣長，有膽計，自婁及蘇，便能習倭語。一日轉至横塘一巨室，入其中堂，倭飲啖畢，皆醉，復進群婦。一倭最壯悍，跳而前抱婢，欲合。婢詐爲好語曰：「堂中人多，何似入内房盡歡樂？」倭善，攜之入。房有巨石，復令舉而支門。倭置雙刃於地，將恣其蕩狎，婢出不意，碎其腎囊，倭痛極不能出聲，死，即抽其刃截倭頭，越窗櫺，升屋踰垣而逸。群倭方縱淫，不暇知也。婢念賊從東來，勢不返走，乃循舊路狂奔，喘汗相屬，一足跣而皸裂。須臾間回望，向處煙焰拍空矣。度火光不甚遠，竭力更走，見道傍横屍，不復顧，躡而過者五六所，力漸不支。見微月照路，火光不起，稍稍徐行。前臨一橋，橋斷，徬徨坐岸側，亦困竭不能復起矣。遥聞炮響，金鼓聲震天，頃之復定。初甚驚怖，既念賊中未聞有此，定是官軍，相近倘遇可活。然阻水，無由飛渡，且惙惙餘一息，因假寐橋下，不覺至曉。冒霧循岸行，飢甚，不能百步。投一深林中人家，墓田也，方坐地拾松葉嚼之，林外飛塵倏起，喊殺聲動地，官軍踉蹌奔至斷橋，皆泅而脱走，亦有溺死者，其大半不得渡。倭奴從後斫擊，不異屠羊豕，血腥拂拂鼻間。婢知不能免，躍入小池，手攀野桐覆面。倭已嘯於林矣，有坐有卧，有摇扇戲笑者，有溲溺於池者，自午幾暮，乃去。去久之，始轉側窺岸欲上，而苔滑足軟，至半復墜者數四，其一足猶餘纏布，解而仰擲於樹枝，緣之始得上。僵卧墓門，首枕石檻，自分無活理。忽聞林内有人問曰：「爾爲誰婢？」猝應曰：「我春宵。」亦問：「爾爲誰？」見一老嫗走出，引手撫婢，自言「村中黄家媽，舉家避賊，以老身病獨留。適被賊焚吾廬，逃匿至此。見汝孤影，疑而見詢，政可同行也」。春宵謝曰：「同行甚善，奈舉體困軟何？」嫗出懷中菜餅爲食，復掖之起，曰：「我扶汝。」遂憑其肩，且行且語。嫗空腕有瘤，狀類橘。春宵因笑曰：「此物似能解渴。」嫗曰：「嘻！何等時作戲語耶？」行久，覺已夜半，嫗曰：「近胥門矣，那得船渡？」語未畢，聞呼叱甚厲，甲士數十人突前，挺鎗欲刺。兩人伏地乞命，共縛之到一船，則是王指揮巡船也。王熟視春宵，雖蓬垢而肌理耀目，雙鈎如蓮瓣落淤泥，情態可憐，良久乃言曰：「夜深安之？空飽賊手，可暫留送歸耳。」嫗欣然叩頭，送春宵入艙，即辭去，顧春宵曰：「善事貴人，老婦自歸看其家。」竟上岸，不知所之。王遂攜春宵歸，爲沐浴更衣，納爲妾。春宵具言賊中情形，爲王畫策曰：「賊輕狡而貪，蔑視官兵，所畏惟火銃，故每鬭輒驅我降人，髡其首置前隊，而真倭星散布野，銃雖擊之不能傷其一二。若以計誘而聚之，銃乘其後，可盡殲也。」乃型土爲錠，傅以錫箔，先具二大艦藏火器，偵賊所在，以稀孔竹籃盛錠，大書標其上曰「軍門賞兵銀」，遣數十人肩而行於野。賊望見燦然，果群擁而至，數十人併棄於路，奔入大艦，刺於中流。倭相蹂躪争取，艦中火銃齊發，殺賊二百餘於尹山之下，帶傷而遁者甚眾。王率輕兵追之，春宵跨馬荷戟以從焉，復斬首數十級。王以首功晉參戎，春宵遂專寵。明年賊平，使人訪春宵之父母，父母姓黃，婁東人，鬻女十餘年矣。相見痛哭。王問春宵向日扶攜而至者安在，春宵備述苦楚，兼話嫗容貌。父母駭曰：「是爾祖母容貌也！生前賣瘡藥，因患瘤姓黃，人稱硫黃婆，殁已十八年，時春宵恰生。」方知前扶攜者是鬼，猶憐念女孫而來，一家嘆異，爲設饌具而奠之。其後王從胡少保勦倭於越，累功至都督，總閫三十餘年，春宵生子，世其官。

真州主人婦

江右米商，販米真州，舍於逆旅主人。夜卧小樓，二鼓後，聞床頭淅淅有聲如步履，久而不絶。商疑懼，啟帳視之，有女子兩足甚纖，掛於床簷，次見翠裳，次淺紅色衣，一女子攀床緩緩而下，容貌可十七八，端麗鮮華，竟至几前，剔燈啟奩。旋以兩手捧頭置鏡前，梳掠粧點畢，還捧置項下，對鏡整理再三，收拾奩具，復攀床而上，乃寂然。商大恐，竟夕不寐，辨色而起，奔告於主人。主人一家悲慟，叩其故，主人之媳也。昔年盜入，遇害於樓上，樓久扃不開，因商夜至，暫以寢處，不意其鬼魄猶爾爾。語次，聞樓上悲啼哽咽聲，良久而滅。自是莫敢窺其門矣。

老　盜

永樂中，湖廣起解强盜，一人狀供年一百二十五歲，狀如童子。刑部以爲妄，移文覆驗，果然。少年入荆山，遇異人，以草炙其臍，曰：「令汝多壽。」遂活至今，别無他術也。朝廷以其老不誅，命杖殺之。訊其獄者，刑部主事嘉興金晟也。

蔣伯臨

伯臨，吴庠士也。年十七八歲時，夢二紫衫女童，持綵幡來召。自城内出至胥江，躡水而渡，到一大祠宇。歷門十餘重，大殿内碧簾深垂，晶瑩皆琉璃。女童導蔣伏謁簾外。須臾，傳言捲簾，神人端坐黄帷，冠帔嚴重如后妃。蔣拜訖，神自幄中徐徐下，更設小座，命蔣坐於傍。發音秀亮，玄旨邈然，談甚久，進饌。饌皆芬異，非人間有。既以玉碗盛菓數片，似梨而甘脆勝之。神顧曰：「勿異視，自非凡胎得噉也。」復命女童送還，覺後而香味津津舌底，所談語洞能記憶。由是一月之内，常三四夢，夢或接談，或對食，而玉碗中菓未嘗缺。一年後，蔣生神氣充腴，辭藝曉暢，稍語其夢於親友。親友咸笑而未信。同社少年謂蔣曰：「若能懷菓相示，當知非妄耳。」蔣許諾，而夢中輒忘之，輒爲少年訕笑。至二年後，乃懷其三片，天明，果得之袖中，甚類玉蘭花瓣，已萎黄無餘味。自是更不復見夢，精神文章亦漸索矣。蔣雖大悔恨，莫可爲計。荏苒八年，

□□恍惚，不覺獨步曠野，復到祠宇下，見四壁荒頹，神像毀棄，非昔日之巍焕。悵然立於殿基，寂無一人，遂拾地上敗椽，擊礎而呼曰：「紫衫女安在？」語未畢，甲士四人白雲中直下，各持大杵，有怒色，叱問蔣曰：「非蔣生耶？自洩仙機，何事復爾叫呼？」揮杵逐之，驚走而寤。於是撫枕大哭，日咄咄書空，浮浪遲暮。今年七十餘，尚在，不異凡俗人而已。

葉嵩峯

嵩峯，亦長洲人，善書，粗能文理。客游淮揚間，夢縞素婦人，自言揚之寡婦，生平節行未虧，雖骸骨歸土，一靈猶在人間，乞爲叙述，當有微報。垂泣再拜而去。葉覺而忘之，後復夢懇之百方，葉又不爲意。最後又夢持一卷來，曰：「若不作傳，第寫此，亦足留示世人。」葉夢中峻拒。婦怒曰：「成人之美，君子事也，數字何損於君，見拒乃爾？行將訴之冥司，要君共證耳。」於是無夕不夢，夢必涕泣痛罵，而葉遂病日劇。卧載南歸。婦已迎之於門，晝夜罵不絶。祈禳無效，每煮藥將熟，婦出懷中白末投罐中，藥味如水。葉苦不得大便，脹滿十餘日。婦問：「欲暫寬否？」葉謝幸甚。婦引手將摩其腹，復止而罵曰：「惡奴不足污吾手。」回首喚婢緑荷，即有小鬼長二尺餘，容狀醜異，衣裳皆緑，皆紙爲之，簌簌然登床，爲葉摩兩脇及肚。須臾，葉起如廁，洞瀉腹寬而瀉不止。葉更哀祈，婦出小碗大於錢，使緑荷覆其肚門，瀉止而復祕結矣。凡數月，困頓百端，而葉生竟死。

葉隱松

東洞庭山有小唐三、葉隱松，皆以膂力著名，而隱松尤捷，能手格飛鳥，其中人刻期而死。世傳隱松八法，未有所授。厥子粗習之，隱松謂其性戾，祕弗肯盡。子必欲得奥訣，乃夜匿深林俟父，父前搏之，父以爲劫也，一舉手而子蹈仆，不能支，疾呼己名，已被重傷矣。父咤曰：「恨不早説，尚可活半年耳。」既而果然。山人服其精專而快其報復。

人頭怪

有民家夫婦，伉儷甚篤。一夕方偕寢，聞帳前有聲。啟視之，見人頭大如五斗甕，白光照目，大相驚怪。其夫遽持枕擲之，頭作長嘆聲而滅。未幾，夫妻情好頓減，漸至乖離。

文氏妹

文生者居石湖治平寺之右，一夕醉歸，過茶磨山下，遇二鬼物，欲牽下湖。文雖在醉中，心知是鬼，而口噤不能出語。忽聞岸上有呼叫聲，鬼便捨去。其人下，扶文到岸，乃其亡妹也。共行二里許，至家叩門，奄然而滅。妹死已十餘年矣。

瑞雲峯

外大父陳司成公，家於吴縣之横涇，治第宏壯，按經藏數凡五千四百八十間。堂前峯石五座，其最巨者曰瑞雲，層靈疊秀，挺拔雲際，誠巨觀也。青鳥家或言類火形，不利宅主，遂斲去六七尺，猶高三丈餘。初，司成公採自西洞庭，渡河中壞，沈一石盤，竟棄不能舉。其後歸之湖州董宗伯，舁石至舟，或教以擣葱葉覆地，地滑省人力，凡用葱萬餘斤，吴市數日内葱爲絶種。載至昔壞舟處，石無故自沈。乃從湖心架木縣索，役作千人，百計出之，乃前所沈盤，非峯也。更募善潛者摸索水底，得之一里之外，龍津合浦，始爲完璧，咸怪異，以爲神會。宗伯罷官，遂訖。宗伯之世，置而未壘者二十餘年。家冏卿，宗伯婿也，載以歸。未幾冏卿捐館，至今五峯高卧深林茂草中，復三十餘年矣。月夕霜晨，或見有光氣燭天者。神異之物，當信然也。

馬報

崑山賣布人姓陸，住北門内，每日往返於西門，沿城上走。偶從女牆望城外，見一馬仰而嘶鳴。其人既去，馬循城外且行且嘶，若相戀之狀，至人家屋宇隔斷乃止。自是無日不然。其同伴語之曰：「安知非前世眷屬，試就視如何？」即共轉出城百餘步之内，奔騰而來，奮迅蹄，齧洞其喉，馬亦跳躑者數四，同時而斃，竟不知前世是何寃對耶。

唐公子擊賊

公子晉陵人，少年豪俠，饒膂力。嘗遇盜太湖中，公子挾雙槳橫拉賊腰，賊無不溺水者，遠近聞之，相戒不敢犯。又嘗與客四人步月村野，見老翁啼於門，問故，爲盜劫也。唐問賊去幾何，翁曰：「度三四里耳。財物無所惜，止一女及笄，亦被劫。暮景無依，不如死。」唐奮然曰：「吾唐某也。所不殺賊、不歸而女者，不生報公矣。」即共客大呼逐之，果及於數里外。盜五六十人，皆長鎗巨斧，遥見唐，列陣而待，攢鎗刺唐，唐一舉棍而折其五鎗，墜其一鎗，連斃其三人，客所擊傷亦甚衆。群盜披靡散走，唐獨前奪女，復殺數人。餘盜跪問曰：「豈非唐公子耶？」客應曰：「然。」於是盜皆羅拜，自稱死罪，而所殺傷已過半矣。唐遂叱賊使盡舁老翁家財物，驅之行，使二客扶其女，而身提棍隨之。盜戰栗莫敢忤，還至翁家，翁猶哭於門，竟歸其女，盡反其貲。群盜頓首乞命，唐皆諭遣之。翁且喜且疑，及叩女，乃驚，益大喜。延公子中堂，出老妻泣拜，願奉女箕帚。唐笑不應。須臾，致酒殽，使女侍席。唐與客連吸數十觥，揮手去，終不問老翁姓名。

舊宅主

苕溪潘氏延塾師，初到館之夕，既寢，有客衣綠，從榻前就問曰：「客舍寂寥，共君清話可乎？」師意主人眷屬而訝其夜至，唯唯應之。客語不可了，且不可解，師倦甚，辭以明日奉教。客笑曰：「夜話甚適，何至見嫌？僕所以嘵嘵者，願轉達主人耳。」師益不解所謂，雞三嘷始去。及明，師以詢館童，愕不知所對。至夜復來，談更健，師卧不應。隨有蓬頭厲面者數輩，相率登床，意將苦之。師窘而起坐，曰：「既有言，當明告我，何必作爾許態也？」客於是叱諸人去，慘容而拱手曰：「吾此宅之舊主人也。子孫不肖，鬻我故業，棄神主於後庭，使我久無憑托。倘藉君之力，得主人少作冥事度我，幸甚，他無所冀也。」師許諾，客遂趨入庭下而滅。明日具白主人，發地三四尺，見大石皮一片，其下空無所有，因延僧禮經懺而送之。

葉氏婦

葉氏新娶婦，晨起臨粧，見童子年可十二三，倚窗窺之。婦謂是夫家僕子，不爲意。須臾頓長丈許，頭鋭如削，兩目爍爍有光。婦大驚叫，人來始滅。三日後復見於簷外，自是心悸成疾。月餘，舉家送族人之喪，風蕩覆舟，而婦獨溺死。

盲道人

海鹽鄭尚書，生而艱語，既四歲，忽謂乳母曰：「身是海寧寺盲道人，何以住此？今當還寺尋道侶也。」家人怪異，試抱之入寺，寺僧數十人，一一詢名字年歲及生平果行，纖悉不爽。過爨下，指一大凳曰：「此吾昔年坐卧處。」又捫柱上指劃痕曰：「吾念佛一聲，劃柱一過，深入幾半矣。」慨然嘆息，久之乃歸。初，海寧大起法會，僧道雲集，有盲道人者不知從何處來，留不肯去。主僧憐而收之。道人無他技能，旦夕惟劃柱念佛。荼毘之歲恰四周，盡如其言也。自後穎悟絶人，博洽群籍，登甲科，歷官尚書。年踰七十，一日閉門静坐，奄然而逝。

孝婦

江西贛縣民某，爲子娶婦而無資，會其人有里役，撮用官帑十二金。旋爲怨家所告，逮民繫獄。新婦數日後而知其事，語夫曰：「翁以君婚故罹法，君不得爲子，妾亦何顔爲君婦？盍謀所以釋之乎？」夫涕泣無以應。新婦慨然典其簪釧，得八金，復遣人告父母：「兒未製夏衣，計費約四金，今不願得衣，願得金，幸即畀我。」於是悉以十二金掖其夫，曰：「是可以脱翁矣。」其夫孱然竪子，不嫻官府事，走告於叔。叔相去數里，中途更遇他叔，族之無賴子也，備詢其姪，知新婦典飾借金事，佯喜，復爲之慮曰：「爾室卑淺，不虞熳藏耶？」侄曰：「置吾婦枕下匣中，可無虞。」遂别去。無賴叔竟詣新婦，詭言：「吾是某叔，適從縣來，同爾夫具狀贖爾翁，官命取銀，銀在枕下匣中，爾夫所審語也。」婦不疑，捧匣付之去。去久之，而夫與叔偕還，方知其詐，亟追至其家，不復見矣。婦大悔恨，自經死，停柩關王廟。其夫日夜泣拜於神前，既五日，其夫方就寢，聞有叩門者，其婦語音也。一家驚異，以爲鬼，莫敢啟視。婦從門外呼曰：「我得神聖力，今已復生，非鬼也。獨立門前甚怖，可急納我。」遂開扉入之，果是新婦。隨與鄰人秉燭至廟，見空棺委地，傍塑周將軍，刀血淋漓，環上掛人頭，駭視，乃無賴叔。神案前列小匣，十二金宛然在焉。諸人流汗浹背，且感且懼，搏顙叩謝。明日具歸於官。當孝婦自經時，官已出翁於獄，赦其金，行加婦旌顯。至是益神之，遠近傳靈蹟、孝行，俱已不朽矣。

茅山進香人

萬曆己酉，有中貴進香於茅山，儀衛甚盛。時四方進香者輻輳，不下萬人，爲前導所驅，擁墜山巖，死者三十六人。逾時而甦者十三人，皆同聲云：初死時見壯繆侯，綠袍提刀，一一挑起，其不挑者皆不復活。

洞庭女子

吴施生者，家貧，弱冠未娶。所戴紗巾破裂，夜置几上，晨起已縫綴完好，心甚訝之而莫解其故。後館於洞庭朱家，所居園亭幽寂，花木叢茂。住數日，有好女子月夜就之，聞漏聲則來，曉鐘乃去。每去，施生啟扉而送，復掩扉而寢。兩童子臥榻前年餘，施恐其覺，嘗微言試問，而毫不省會。主人留他客宿館中，女子先一夕告施曰：「暮有客至，妾不能復來，當遣人迎子，幸勿虛良夜。」施於是稍疑之。及二更後，有兩人自窗紙中入，皆衣青衣，貌奇醜。施意不欲行，不覺爲扶掖出門，行如飛。前臨大澤，躡浪而渡，不異青蜓之點水。既而入門，甲第儼然侯家。女子貌益莊，服飾愈瑰麗，金鳳冠，步摇鏗然，迎施生於中門，慰勞甚歡。席間綺繡錯陳，金玉羅列。酒酣，攜手入臥内，其陳設之璀璨，人所未見。帳前懸明珠十二顆，間有大於雞卵者。雙金鴛鴦，口吐香煙，煙環繞衣袂間，香不添而煙不滅。施生目蕩神摇，不敢正視。榻前復設小酌，女子横玉琴而彈之，捧紅玉卮自飲其半，以半進施生。將就寢，隔帷簫聲嗚嗚然。施揭帷，復見女子年十四五，姿態更妍前女子，遽牽施袖去，曰：「小妹學簫，羞見生客，無煩君竊看。」遂寢，女子攬被覆施生，被如輕煙，若不知有被者，以手捫之，惟輕溫貼體耳。至雞鳴，復呼二醜人送歸。還至大澤，醜人推之入水，大驚而寤。客與童子俱問施：「適當夢魘耶？」施應唯唯，而窗外鬼聲啾啾然，始甚懼，告於主人。夜仗劍危坐，迨女至，而復懵然與之歡狎矣。明日懼益甚，主人使壯僕數人與之偕處。施焚香讀《易》，不敢寐。女徘徊窗外，有怒色，既而吁嗟，灑淚而去。數人者共覩其美艷，真國色也。自是遂絶，而施亦無恙。

乩神

金陵舟子嘗於水西門外殺一賈人，刧其囊，人無知者，遂稱富翁，有田宅娶婦，不復操舟矣。逾年生子，珍惜過常兒。漸長，遇人醇謹，而獨忤於父，稍拂意即肆口罵父，後至於揮杖毆擊。父雖不堪而弗能戢，居常悒鬱愁歎。適有術士請仙附乩，因泣拜問逆子前程事。仙咐詩云：「六月初三風雨惡，揚子江頭一着錯，汝兒便是喚舟人，請君自把心頭摸。」遂悚然流汗而退。數日病死，其家亦蕩盡矣。

玉庵僧

靈巖山，吴王夫差之館娃宫也。隋唐已來，剏爲佛寺，其上多古蹟，實吴之勝地。萬曆初年，惡少數輩稍侵之，寺僧貧弱不能禁，至於薪其古木，鑿其峯巒，斧斤相尋而不已，幾爲一片砂礫場矣。洛僧號玉庵者偶過其地，慨然歎息，願自留寺中。諸惡少聞之，攘臂而登，叱問：「遠來秃子何爲者？」因手挈佛殿前石塊可重百斤，擲地入土三四寸，以示膂力，復相與戲搏，無不矯健輕悍，視玉庵猶豎子耳。玉庵倚柱笑，徐走庭下曰：「老僧少年粗習此伎，可與諸君共試否？」惡少争赴曰：「來來來！」僧忽起騰躍而上者丈許，蹋其一人，自額至胸及於腹，其人仰仆不能展，即挈石擲地人也。一人繼進，復飽僧拳，亦臥而嘔血。兩人皆渠魁，既負，餘慴伏不敢動。玉庵兩手提兩巨石，擬碎兩人首，於是諸惡少號泣請命，久之乃釋，皆匍伏受約，不敢再犯。兩人者，一遍體青紫，呻吟半年始愈，一竟成錮疾。自是靈巖得保其名勝，而殿宇亦次第修舉，迄於今六十年，一僧之力也。

至萬曆庚子，雷震靈巖浮圖，有小朱匣墮下，内函佛骨一具，凈璧無瑕，蓋當年鎮塔之寶。火燒三日，塔燬無遺，惟磚砌矗立，而此匣獨完好，無分毫焦灼之損，向非靈異，爲雷神擁衛，何以能然？佛骨至今留寺中。又聞之山下父老，每遇旱歲，有物如白虹，又如車輪，旋繞塔頂，見天際雲起欲雨，輒向空摇撼，須臾而雲散矣。鄉人皆能見之，亦旱魃之屬也。

鄭生篋

鄭生，洞庭西山人。赴館入郡，遇盜劫於湖，惟兩書篋，皆舉業文字，生平手澤也。盜以篋甚重，胠之去，而鄭之恨惜過於奪貲，每對筆硯，未嘗不撫几嗟歎，如失寵愛。他日還家，又遇盜，同舟皆被掠，獨顧鄭曰：「窮酸復來耶？」舉前二篋擲還之。鄭即於舟中啟視，鎖鑰雖壞而片紙不損，乃大喜載歸。次年報捷。

雷神

陸墓老嫗，自言於壯歲時，方獨坐而績，見雷雨大作，收筐起立。電光隨入户，繞其身，有雷神二三十，各長二尺許，皆著小靴，兩手當胸，旋轉不止，從風馳於簷際，疾如飛。其一直下，若墮而復上，頃焉鄰家震死一人。

又一村老，中夜啟扉，見一龍蟠屋上，首同於牛。老人驚避入室，從窗際窺之，月色微明，天氣清朗。須臾隱隱聞雷聲，霹靂起於簷際，怪風怒雨交集矣。

秃兒

萬曆己丑歲大旱，太湖水涸，下有街衢井竈，依然巷陌，遠近人争往看之，或有拾得罐杓之屬者。白洋灣群兒亦相率趨至，内有秃髮兒，群兒嫌其腥穢，屏不與偕，獨後百餘步。蹈泥坎中，拔足而起，足有爛布角，因俯而捫之，坎甚深，有物戟手。探得，其一黯然如墨大錠也。亟馳歸告其母，母與偕來，復得十九錠，布槖裹之，猶不甚腐。

共舁至家，一一數之，覆以薦，藏之臥席下。明日復取看，忽失其二。秃兒怪而尋至前所，試掘坎，二錠宛然，其旁更得一橐。於是厚置產業，居橫涇爲富人。既數年矣，無故失櫝中數金。其母笑曰：「往年失錠，獲伴而歸，今復然耶？」又數日，於舍傍穿井，果得其金，又得青碗二枚，青甆一具，皆瑩浄完好。其下大石板，石板下復有鐵板，鐵板下藏數千金，鐫赤烏年號，蓋孫吴時物也。

陸墓

崑山繡衣朱公文，買陽山下地葬親，營兆卜期矣。夢有緋衣貴人告曰：「吾漢時陸績也。墓正當穴内，能下避三尺，必有以厚報公。」繡衣如言改穴，青烏家力言不可，公不聽。後生子希周，狀元及第。

揚州傭

揚州富民某，素不作善事。家有傭工，給役有年，一日謂主人曰：「吾師今夜當至，幸設齋以候。」主人未信，傭更言：「不設禍不解，無悔。」於是爲之修供。至深夜，果有偉丈夫扣門，胸懸鐵簡，魁岸凛然，主人不覺悚敬，肅衣冠而迓之。丈夫略不顧，亦不食，竟與傭促膝談心，至曉，拂袖欲出，主人再拜，祈一言。丈夫屈指數其生平隱微畢，語且云：「今不悛，天譴將至。」主人戰栗，流汗浹背，伏地不敢仰視。須臾不知所在，併失傭矣。室中異香，經月乃散。

陳賢德

太倉陳賢德，不知何許人。嘗游荆湖間，過岳陽樓，有藍縷道人貌甚猥瑣，亦來就坐。賢德前揖之，相與瞻眺湖山，談笑良久。適檻外一蟲，蠕行瓦上，道人指示曰：「此蜣蜋蟲也。」遂別去。後賢德東還，遇友人請仙，題詩云：「十年不見陳賢德，今日相逢鬢已霜。記得岳陽樓上別，兩人攜手説蜣螂。」座都不解，獨賢德恍然下拜，具話其事，幸其遇而恨其不識耳。

長舌鬼

吴興姚林山家館賓，讀書未寢，聞叩門，有啟扉者，雙鬟兩青衣，一捧燭，一持奩，翩翻而出。館賓驚避帳内。兩婢布席室中央，拂拭陳列整□。復入，擁一女郎，年可十六七，容貌絶麗，對鑑理粧，易新衣。婢收拾竟，去而復來，各侍立。女郎坐少頃，掩面垂泣，繼而大哭，至於慟，婢亦相向哭極哀。館賓熟視莫測，至三鼓後，哭止，忽吐舌長丈餘，繚遶帳外。館賓至是方知爲鬼，大懼，擊□厲呵，縮去而復吐者三。館賓喉啞，氣塞不能出聲，强起摸床頭竹竿，持逐之。隔垣有人聞其聲異甚，亦遥應而起，遂走入中門而滅。明日告於主人，掘門下，得一棺，莫知爲誰家。有老僕云：「此某家故宅也。主人之女未嫁，而以穢敗，縊死庭下，當是爲祟。」即爲禮經懺葬山中，而館賓無恙。

又新安某商賈，宅吴門。月夜獨坐，見庭中女子以綾帕擁項，欲進而復却，忽吐舌長三四尺。商知是鬼，亟念準提神呪，遥問所欲。女子歛衽自訴生前縊死，至今苦煩悶項痛，求水懺功德，他無所冀。其人許諾，遂不見。如言禮水懺二十四部，他日夢女子來，項上帕已解去，再拜謝曰：「仗佛力釋去苦惱，今得受生，當爲君婢以報耳。」後十餘年，買得一婢，果類夢中所見。商人子新喪婦，遂爲妾，生子三人。

冥報

吴門高生住城東。一日步城上，遇其亡友姓金者。高驚問之，金云：「吾已爲冥吏，奉牒追生人，君亦與數。念在相知，故與君相見。」高生甚駭，既而慨然曰：「死自有命，何用置懷，暫容料家事隨行耳。」冥吏與之約曰：「所追六人當先往，末至君所，君歸亟營可也。」遂不見。高至家，語於妻子，刻期以俟。心念此生無不了事，但往歲爲人作媒，其夫家貧，久欲離異，索原聘六金，而女家亦相等，只能償其半。此事不决，死不快。乃出囊中三金代償之。至晚而冥吏復見，喜動顔色，曰：「君行善事，冥司落君姓名，延歲一紀。若更修善，後禄無涯。勉之。」出示袖中牒，硃筆塗抹一行，果高生也。拱手稱賀而去。今二十年，高生尚無恙。

鬼筆

蔡舉人將赴試春官，已脂轄，偶過友人召乩，乩神漢壽亭侯也。蔡問科名，判云：「此際未知，須遣部吏勘，十八日報汝。」蔡復拜云：「十八日已行，先一日幸甚。」復判云：「可。」至夕，肅衣冠以俟。三鼓後，大風起於庭際，劃然窗户盡開，赤髮靛面鬼突入，跳舞良久，值筆案上而去。蔡且驚且喜，視其筆，木筆也。明年成進士。

鼠婢

常德鄭氏買婢九歲，初甚羸瘠，住鄭氏七八年，白皙而肥，頗慧黠，爲主翁所嬖。

主翁多蓄地黄，常爲鼠盜嚙，雖加鎖鑰，弗能禁。偶戲語婢曰：「白瓠乃爾，何須更食地黄？」婢不覺面赤神沮，即走入床後，泣曰：「相隨數載，一旦見疑，命也。請從此辭。」主人怪而就視，已變成大白鼠，跳躑至梁，穿屋而去。昔在丁未，余舍於常德，主人鄭姻也，且話其事。而主人之子及見其狀貌，更無他異，但每食避人，喜於暗處坐，亦後來追憶如此，當時初不覺也。

小續

續，秦人，客於吴之雲間。北音讀「續」爲「叙」，人皆稱小叙。嘉靖之季，倭寇雲間，擄其老弱，跪於城之隔岸，次第殺之，老弱皆呼號就刃。城上人望見，雖扼腕痛憤，竟莫敢救。續熟視不勝怒，請於太守，願出擊賊。太守初不許，續請益堅，乃縋而下之。倭方持刃跳躍，見城頭下人，不測何意。一倭臨水滌刃，亦舍滌瞪視。續既下城，便解衣而泅，去倭丈許，一躍遽抱倭腰，擲入水。群倭驚起，刃不及揮，續已挾倭半渡矣。城上讙譟，鳴鼓角以助其勢，倭爲奪氣。續到岸，即拳拉倭，折其右臂，先縛上城，徐自拭着衣，復縋而上。於是寸磔倭，厚賞小續。小續名滿雲間。

又洞庭婦人，少年美艷，爲倭所掠。前過獨板橋，婦人畏縮未登，一倭引其手，猶不肯舉步，又一倭提其裙腰，前後扶曳，側足而進。至橋心，婦兩手堅握倭臂號呼，踴而墮水。二倭爲所牽，力不能展，俱溺死。婦竟免於辱，且以計殺二兇，智且烈矣哉。

又鄉民夫婦，相攜而奔，逼踵於倭，避匿渡僧橋下破船内。倭搜得之，殺其夫，裸婦而將淫焉。婦叫罵不從。傍一倭提婦髮，一倭執刀擬婦腰，示欲殺之狀。婦瞋目罵益厲，竟爲腰斬，擲尸河下而去。其夫中刃未殊，得不死，收葬婦，而終身不再娶。

異史氏聞而弔之曰：二女生於湖濱僻野間，未必有姆儀詩禮之訓也，一旦躋顛危，脅白刃，宛轉捐軀，激烈抗暴，皆能保其堅貞，不愧古之名媛。彼受姆儀而閑詩禮者，鮮能若是確也。豈非蓬生麻中，天挺其芳潔者耶？第能傳其香景而湮其姓氏，惜哉！有是婦，胡庸不有是夫，其義也可勉也。小續致命出奇，良快人意，設使授甲以當一隊，必有可紀，而卒寂寂未聞。果難於後勁耶？專閫者其誰耶？以斯言之，史乘之所載麗，天壤之所褒詡，特其魁然者耳。野水孤煙之下，有清逐梅花、勁依山骨者，終與榛卉泥沙同其漂没，又孰憑而弔之，孰按而銘之史之不朽之也？惜哉！

卷之八

中州李鶴林抄

仁端

崑山毛狀元，祖名弼，年七十餘，有推算者云：「十五年後遇貴人運。」聽者撫掌，毛亦自笑其誕妄。其後年近九十，見孫及第，至百歲而卒。今邑中尚有仁端坊。

王龍

王龍，松陵吴氏僕，與其儕有隙，讒於主人，主人奪其掌鑰，悉以歸龍。其儕者自號省吾，美妻妾，私蓄亦數千金，主人并收之。省吾齎恨自縊，死東嶽廟。龍又淫其妾及女。數年龍病，舟載至虎丘之竹亭就醫。竹亭僧亦號省吾，大書榜楣間，龍一見愕然，坐未定，死矣。龍之家人蒙被裹屍，仍載歸，其往還之舟子，俞二也。他日復載客陳某於路，俞妻方理楫，忽起而撾其夫，語音頓異，自稱是省吾：「生爲王龍冤抑，訴冥司就捕，而汝載入郡，我奔走四五里，附得小舟追及於竹亭，拳毆其胸，用洩吾忿耳。今被其毒者共我六人，與龍皆在。且龍之惡，吾之枉，陳君所知也，獨不能明曲直乎？」俞陳悚慄而謝，俞亦巽辭稱不敢。俄而復作王龍語，使告於妻，亟設奠修佛事以懺罪。俞亟詣龍家，而龍妻以爲詐冒酒食，罵絶之。俞未出門，龍家有女僕十餘歲，勃然變色，直前擁龍妻，捶之出血，既而大哭曰：「生前作事誤，冀得消釋，猶復吝耶？且吾無子，厚藏無所用，可以十之二爲汝作活，其二廣修佛事，二以贍省吾家，餘悉歸主人。我同冤對赴冥司矣。」女僕遂寤。龍妻恍惚見龍蓬頭鎖項，數鬼牽之而去，遂一一如其言。未幾而妻亦死。

種根

僧巨川，於潛人，七歲捨於天目山。山有舉子假寓習業，巨川常質問，遂通文藝，能操觚成篇。後更耽嗜，每春秋榜後，遍索程墨行卷，晝夜琅琅誦不輟，自二十至八十餘，未嘗衰惰。人或笑之，巨川曰：「吾爲來世科名種根耳。」粵舒探花十九登第，二十而死。父中丞公悲痛欲絶，夜夢其子曰：「兒前生是老儒，上帝憐苦志未遂，故早成科名以報之，願畢遂去，原非大人兒，幸勿過損。」明日就殮，果成白鬚翁矣。合二事觀之，或種來世根，或收前生果，雖謂之一人可也，謂之一事可也。然而此僧者吾甚異之，佛言種諸善根，猶是下乘工夫，未脱輪廻苦惱，況塵世浮名，刹那榮享，何關大數？老僧既了然生死之際，何獨津津八股頭，熱中富貴之場，廢却一生精力，不過深心世法中人耳，其與里嫗販夫作預修功德也幾希？

太歲

吴江錢氏家有怪，不能悉記。其最怪者，子婚之夕，新婦與姑共坐，穠粧未弛，聞床上有聲震撞，窗户皆動。持燭視，被上有一兒，大可周歲，裸而跳躍，倐焉入被底。家人并被曳出，兒手足皆具，而止一耳，其餘都無所有。亟擲於地，已翻然入庭下，騰屋去矣。或云是太歲，其家葬父偶犯之也，烹食之可免禍。余以爲太歲神明尊嚴，主一年祲祥，宇内所崇奉，安得爲祟一家？又安得爲人所烹？萬萬不然。怪事何所不有，蓋妖屬耳。若妖，固可烹而食也。錢氏從此貧落。

清源捕鬼

嘉興陶莊人周四，嘗昏夜獨行，背後有人騰踏而來，回視無所見，舉步復然。四知爲鬼，行如故，頭上氈帽忽見撲墜地，四拾起，戴而復行，復見撲帽落水中。四故爲緩步，約里許，路過清源君廟，四拜祈護。既出廟，鬼已在前途，拍手長嘯。一鬼最巨，臂毛如蝟，漸逼而挾四。四故膽粗，至是亦不能奈何。忽見鬼作驚奔之狀，相語曰：「將軍捉人耶！」一鬼倉皇還四落帽，遂寂然無所見。四因停足俟之，聞風聲自廟中出，兵鐵錚錚，若四面搜捕者。須臾，群鬼悲啼，躑躅隨之，四得安行而歸。明日詣廟展謝，見廊下泥馬四蹄踐草露猶濕。

鬼唱

獲鹿曹中丞家有空舍，每風雨淒其之夕，輒見數十無頭鬼出自舍傍衖中，雁行序立廳事，齊聲而唱，其聲悲慘。唱云：「沈竈細柳兩建旗，田有雙竿下有日。暮雨只争三四點，遥望江南海潮汐。」唱訖，復以次入衖。未幾，中丞與其子孝廉皆物故，中外搆難，家業蕩爲烏有。此數十人者豈冤鬼耶？中丞初撫江南，再督河漕，或所云「兩建旗」也？前備兵蘇松，駐劄婁東，或所云「海潮汐」也？「田有雙竿」爲「曲」，合下「日」爲「曹」字也。餘未能解。

陸指揮

指揮婁東人，初授職，爲同僚所傾。陸無以報，乃陰伺其短，疏月日而手記之，緘藏於篋，篋置大橱内。一夕雷鳴，陸自帳内見火光如豆，旋轉一室，若有人持而覓索者。陸唤婦偕起，火已入於橱，煙焰勃發矣。倉卒呼水，未至而火亦熄，乃啟視，毫無所損，獨篋中手疏同僚燒滅不遺一字，又所戴綱巾在其傍，燒去頂綫而綱如故。神哉，示現靈巧，若以驚陸，而所以成就陸者亦厚矣。陸遂悚然修省，絶不談人過惡。後中武科，官至一品，與前記江陰郁氏事稍同。

龍神

嘉靖初年夏日，群龍見於雲際。一龍直下，去地丈許，其首端坐緋衣神，長可二尺，控而安行。首類牛，雙睛突起閃爍，徑尺餘，項下鱗燁燁飛動，日色照映如鏡，張距而前，雲霧籠繞，鬱蒸作硫黄氣。自太倉東門迤邐而北至三家市，行路人悉見之，無不震悚，伏地叩頭。市有夏某父子三人濟惡，至是跪之田間，霹靂擊死。夏氏房舍百餘間，皆拔起空中，木石磚瓦若飛蝗。屋前後大樹修竹以千計，散舞不知所之。踰時乃息，其父子猶挺跪不仆。前植一秤裂開，其中空有小鉛丸，是平日所用，可隨意低昂以攫物者也。數里内田産一一標竹樹枝於界，大書奪某人、占某家，尺寸不爽。屋後有池最深廣，頓涸無滴水，惟露魚千萬頭，悉爲人取啖之。鄰近居民避匿牆下，有覆壓者，出之皆無恙，獨夏氏無噍類焉。至今其村人猶能言其事，相與縮舌摇首，稱顯報云。

金駝子

金駝子者，住洞庭東山，曲背如弓，或戲稱「金錠」。繇是人家有慶賀事，必邀駝子至門，以爲佳讖。偶遇吉日，遠近争致之，得者爲幸。駝子一一至其家，莫不奉金錢，饋酒食，駝子欣然醉飽，盈袖而歸。數年之内，家漸殷，有田二十餘畝。其田故膏壤，里中有力者久欲之而未遂，一旦爲駝有，意甚恨，陰中駝役訟，傾其囊，田歸於有力者，而駝子遂貧。昔年之争欲致者，寂無人顧問矣。他日傴僂野外，至田所，望而興嗟。有鋤於田者，早佃客也，相與語，因及駝子致訟，謀自里中人，原委甚悉。駝子憤然歸，磨利刃，出入挾之，思得當以報。嘗偵伺里人動静，知其飲於姻家，必夜歸，候道旁簷下。更餘，駝發念言：「渠自昧心，貧，我命也，何事更作惡？」遽擲刀於河，釋然反走。暗中額觸橋柱而踣，臥地久之，徐起，自覺腰背間有異，至家叩門，其妻迎訝之，曰：「是爾耶？何以頎然而亭亭然也？」驚笑聞於比鄰，共走視，果然，無復拳跼故態矣。自是遠近傳爲異事，亦稍有周給之者，復小康，猶沿早號稱金駝，而深秘挾刃事，託言得異方，人亦無知之者。數月後，里中人忽自至，餽遺殷勤，懇邀至其家。初峻拒，而請益力，不得已赴之，則中堂治具豐腆，款接周洽。酒酣，又延之別室，促膝抱臂而語。駝心疑之，竟不知何意。及夜深欲別，主人方語曰：「自君蠲除錮疾，深自欣慰，竊不量，有懇於君，君其許我。」駝問所欲，主人跪曰：「鄙人年踰五十，止一子七齡，生而娟美。去歲嬉於燈下，足罣屏風仆地，竟同於君之舊疾。父母日夜憐念，思所以療之，非君神方莫可。如肯惠然者，當奉百金爲壽。」駝仰天直視不言者久之。主人笑曰：「豈薄百金耶？不靳益也。」駝不覺慨然歎息，涕泗交頤。主人復怪問，揖就坐，駝乃聲吐詳悉，計擲刀與其子得疾之夜時刻合符。主人悪然且悚然，相對亦泣。即於是夜載駝之夫婦養於家，盡還其田。明年，里人復舉一兒，而七齡者竟死。神道報施，從來不爽，而於斯更示巧妙，讀其事若扮雜劇然，鬭筍合縫，可笑可愕。向非里人急於補過，又安能保其終哉？

打行

翁中丞撫吴，緝吴之打行盧茄茄等四十餘人付獄，其黨有未盡者，内外通，乘夜越出，攻中丞署，縱火殺人。中丞踰垣得免。官兵倉皇赴援，莫敢攖賊鋒。有張金者，黎明屠於肆，猝遇賊，即持屠刀與鬬，連殺三人，賊勢稍沮。官兵競進，遂勝之。就縛者二百餘人，有一人姓蔣，指甲長三四寸，槊其指自訴非賊，因蚤起誤擒，官且信之，後知爲渠魁也。與人搏，飛足蹴人，人莫敢近，受毒者不勝計矣，遂偕斃杖下。自吴中有打行，莫劇於此，數十年來爲之小戢，而近復熾起，較昔之伎倆更深。有所謂採生者，鎖縛一人，詐稱捕盜，假硃批帖文，直入人家獲贓，頃刻間席捲去。白晝大都之中，愕眙而莫敢誰何。有所謂哺蛋者，泊舟要害處，先置私鹽於艙内，視商艦重載、其人稍弱者，即擲鹽於艦，稱捕鹽巡兵，恣掠而揚帆遠逝。甚有縛商人至數里外，投於岸側。此數事者，數年來時時有之，均之打行類也。昔爲暴横睚眦，今爲盜賊行劫矣。昔顯然城市，其名可指，今碁布星羅，無地無人，習爲固然，莫可窮詰矣。今年春，客自東城來，談所見亦異。東城某商開典庫，有二青衫奴，服飾整潔，稱是某鄉宦家，主人於近處戲葉子，以元寶質萬錢，果燦然大錠也。方付錢未竟，復有跛人抱破布衣求質三百，典人未應，跛躁擾而罵曰：「同是質錢，獨不應我，以我貧可欺耶？」竟擲破衣覆錠及錢。兩奴不勝怒，共毆之，典人爲勸解，乃釋，於是各挈五千而去。跛徐起，謂典人：「此兩人者盜也，吾固識之而難於言，適示意而汝不悟，反見毆。今第視其錠，必假銀。」典人驗視，如其言，亟欲追之。跛曰：「勿亟。吾子充衛捕，正緝此輩，當爲爾獲賊，但須賞格耳。」典人許以二千，即偕行，召其子。子復與其侶三人詣典，細看假銀，皆笑曰：「是某某二賊。」期必獲以報。於是索酒食，皆醉飽，懷其假銀往，尋街巷覓賊，典中亦三四輩隨行。至次日，果得之盤門委巷中，二奴方與十餘人，皆鮮衣華裹，歡叫大嚼，見人了無異色，問：「若輩何事來此？」典人直前攘臂詬語，十餘人者皆大怒，曰：「試看吾輩豈作賊？是騙局也。」共起，各紛囂争辯。内有白鬚人摇手曰：「諸君勿譁，捉賊問贓，今安在？」典人呼衛捕者，乘間脱走無一人矣。十餘人前執典人痛捶之，出典票，欲陷以誣陷之律。典人不能置辭，竟如數償其銀。蓋初以元寶質錢，真銀也，潛易於跛人擲衣之際。身懷假銀，面對真賊，使含怒隱忍出藏貲以付之，神奸鬼謀至此哉！

鬼嫖

方姬行二，與吴生相暱。薄暮詣方，寒暄之後，方遂向空語笑。吴甚訝之。既别，方送至門，而猶忽忽反顧。後半月，吴復往，方遽問：「前同伴郎何竟不再至？」吴言：「向政獨來，初不挈伴。」方笑曰：「知爾醋酸，何至見紿若是？」吴益怪其語，以問假母，母女同聲俱言：「前偕來郎君，與吾女甚愜，留連三夕乃去，言是君至親。」其容貌姓氏，歷歷可指。吴大駭曰：「安有是！是吾亡表弟也。」母女猶笑以爲罔，乃出其所贈三金於笥，則紙錠耳，皆相顧吐舌。然方竟悒鬱，慕念不置，恍惚成疾死。表弟者，故蕩子，死於狹邪，終不忘情於裙帶，至於舉家白晝見之。三日旖旎繾綣，死者生而生者死，異哉！人鬼之趣，不可得而解矣。

鶴翎道人

徽州程生，少慕丹鼎，無所遇。偶從大雪中見藍縷道人跣行於凍地，神氣沃然，遂着屐尾之行。道人詣肆買丹砂、水銀之屬，隨入玄妙觀暗室中。有二弟子問程何來，程言我拜師耳。道人喜，坐受其拜，留與俱。程生朝夕侍惟謹，而闞道人無所事，獨趺坐飲酒嚼醃菜，前置一壺一楪，罄則弟子復益之，晝夜爲常。或時有所需，出懷中藥少許投火炭中，成白金矣。弟子各挾一編誦習，程不識字，不能曉，但掃除執爨。他日，道人坐，喚程摩背。程問：「師衣敝何不易？」道人笑曰：「爾曹何知？一敝衣可當江南十年賦，安可易也？」程於是每爲摩背，加殷勤，捫索襟縫處悉有鵝翎管，管中末藥滿貯，遂竊得十餘管，托言省父，辭歸。以藥黍米試銅鐵，隨小大頃刻成銀。乃盛飾服從，游廣陵、白門間，揮霍青樓，一夕千百。間遇落魄公子，緩急無所恡。於是程生之名，一時譟甚，延訪問術者，門外屨常滿。日擊肥鮮、擁麗妖爲娛樂，不及二年，費幾三萬。白門有貴人，懇邀至家，坐上座，稱爲仙翁，日拜求真方。而程生之藥已盡，無他術，乘夜踰牆遁走，復至蘇尋道人於玄妙觀，已不知所之。四顧惘惘，將訪舊知於武林，過語兒之南，見道人獨行，引手招程。程大喜，亟趨而前，相距丈許，道人揮扇緩步，程雖竭蹷喘汗，自晨至未，終不能近。饑困無所支，乃號哭拜伏請罪，道人大笑，不見矣。程遂行乞於路，遇鄉人附載歸，至今貧窶。

王恭人

溫州王憲副族女，初字張，已笄，猶短小若五六歲，姿亦寢陋。張請婚期，其父母難之，以情告張，竟別婚。有何氏子，慕王之閥閱，旋涓吉委禽之。期年，女頓長大，美好過於常女。後生子，登進士，官四品，王封太恭人。

馬鞍怪

文壽承少年夜讀書，有紅綃女子自燈下走出，語態憨媚。壽承知爲妖，拔劍欲砍之，應手而滅。明日庭下有舊馬鞍，劍痕劃然，訪之，是數里外人家失物也。

開元婦人

葉怡春者，賣卜清嘉河。同侶入開元寺，見三婦，一老嫗手抱小兒，一可四十歲，其一少婦，美艷異常，從寺外入，遍歷寺内。諸少年聚看之，擁塞不能行。嫗顧謂葉：「葉官人亦來此耶？」葉應曰：「然。」同侶謂是葉親屬，以問葉，笑曰：「彼自識我，我知其爲誰？」及日暮人漸散，獨與同侶尾其後，至殿側有巨木堆積，三婦忽走入其下。葉與同侶大駭，尋至傍屋，惟停櫝數十而已。未幾葉死，其家寄棺於寺，政在傍屋内。

虎丘榆

長安人某，客遊吴閶。夜夢婦人歛衽而泣，自稱俞氏，「居虎丘，命盡明日午刻，非君莫援」。客夢中許諾。明即買棹登山，訪其人，未嘗有也。乃徘徊於試劍石之側，見數人捆索持斧鋸喧囂而來，仰看一大樹，謀伐去。客遽問何樹，一僧從旁對曰：「榆樹。」客因悟，立出懷中金贖之。是夜復夢婦再拜謝。至今七八十年，樹鬱葱凌雲，合抱者四五矣。

沈墓

湖州弁山〔一〕之下有古塚，俗稱娘娘廟。野人鋤於地，聞其下琅琅有聲若空，試掘尺餘，見石板，大不能舉，乃夜集數十人共發之。石下有磚壙，甃甓完好。壙周廣三四丈，中設大木椁，左右陳設屏几器皿，几上列金玉珍玩，無不畢具。賊共截其椁木，厚尺許，有異香。椁解，乃見美女子閉目端坐，亟呼曰：「珍寶任取去，幸勿傷我。」賊以爲怪，舉鎗刺之。女子手奪鎗，傷二指，猶連聲哀祈，竟中其胸而仆。椁内更多瑰異，皆席捲出，負者擔者共舁者，纍纍至曉未盡。明日居民於數里外咸聞香氣，尋其跡，遂聞於縣。縣令爲海虞袁光宇，盡捕諸賊，抵罪，收其眥。玉釵長二尺，淨白如脂，而雕鏤之精妙，非近世所見。其餘有不能名狀者。椁木似杪而堅細過之，亦竟莫識。考墓志爲梁時沈休文女，年十七許聘昭明太子，未婚而卒，故得以妃禮葬。嘗見《耳譚》載此事。近又得之友生，曾親過其地，詢於土人，又質之海虞，似爲更核。然自梁至今千有餘歲，此女

〔一〕「弁山」，原誤作「拚」。

不吞絳雲丹，十七年塵世浮軀，已爲異物，顧能不朽地下，使鮮華久駐，靈響猶存。設更歷歲時，不復遇賊，其究竟當何如？斯又理之不可問者也。

龍窟

福建龍溪縣，端午日競渡，自溪出海，歌呼奮椎，金鼓聲振山谷，夾岸士民扶攜而看者萬數。驚起雙龍怒飛，風雷迅烈，水高十餘丈，一時没死者無算。有二吴人，因販菓來，不識路，誤上山巔，方坐而俯瞰，竟得免。又某總戎攜家赴任，泊舟茶陵驛前。總戎飲岸上，舟人舉砲嚴更，不知下爲龍窟也，龍驚躍，連舟拔起，一家二十餘人杳不知踪跡。二日後，有人於六十里外峰頂上見一舟，總戎女年十三，子年九歲，及小鬟、小蒼頭七人，安坐舟中無恙，舟亦不甚破壞，而餘人竟不知所在矣。辛丑寓閩之長樂，長樂人述此二事。

大頭和尚

和尚雙瞽，無名號，不記年歲。於萬曆己丑間舍於吴之西城，亦不知從何處來。有賣柴人周二，言童子時從其祖識之，已五十餘年，狀貌不異昔時，但如四十許人耳。和尚隆額圓準，故稱大頭和尚。其坐臥無常處，臥或累月不起。人與之食，隨多寡必罄食，不與亦未嘗言飢。或叩以禪理，微示一二，言必中人窽綮，人人心服。而周二者尤與之朝夕。一日謂周：「光福山水甚佳，吾願往看。」周笑曰：「師無目，安能看山水？」和尚亦笑曰：「爾有目能看甚麼？」遂送入山，月餘寄語周曰：「此中果勝。周二須以某日來，將與爾訣。」周如期往，和尚把其手曰：「汝來耶，我去也。」别有他語。丹田下有聲若沸湯，自胸上升泥丸，劃然而逝。周二爲龕以殮，葬骨於光福。

托生

韓孝廉妾病篤，見四鬼卒攝之，有硃批文牒，載妾曾爲老僧，破戒，罰三世作女身，皆短命。一世山東民家，二世今孝廉妾，三世河南某縣秀才女，當至彼托生。一鬼怘然出索，牽項便欲走，三鬼笑曰：「渠無甚罪，不須爾。」爲解其索，復言：「我輩饑，幸惠酒食。」家人即設饌，焚楮錢。鬼共揶揄曰：「終是酸態，未若葑門某家，昨甚豐。」食罷，驅妾出門，冥冥行黑暗中。到一人家雙竹扉前。臨大河，夾蘆蓆爲壁。婦人呻吟床上，床上藍布被，被角微損，一人青巾白布衣，坐床頭看藥，是其父母也。四鬼呼其家竈神示牒，神言：「受生當在明日，今尚蚤。」鬼復驅還，過門遂去曰：「我輩且了葑門事，明日再來，千萬語主人加意一飡也。」妾瞑目已半夜，至是復醒，述其言，與孝廉泣訣。明日遣人問葑門某家，果其主母病，迎巫祀神，今日五更已死。至日中，妾言鬼卒已至，更索酒食，須臾遂絶矣。

又孝廉族弟二歲患痘，瀕危，母抱之而泣。兒忽張目大聲呼娘，母連應，兒摇首云：「不是，我娘自在某巷某家，亟開門我去。」遂死。一日復活，又云：「已完某家事，不復去。但恨胎有熱，損我目，奈何？」自是痘愈，而兩目不開。問某巷人家，新婦適於是日生子，渾身帶痘，朝産而夕殞。今兒十餘歲，竟爲瞽人。

又家人徐茂甥女産子，方下地，忽作老翁聲云：「懊悔來了，懊悔來了。」嘆恨一日而死。

又某太史未第時，暑月病寒，至於憒眩恍惚，飄蕩若行曠野中。有杖藜老人引至茅屋下，房内少婦坐蓐，老人言：「公當於此托生。」太史未應，復有人自外來，短帽緑紗衣，摇青陽扇，徑入房爲婦摩背而絮語。太史艴然曰：「是人乃欲子我耶？」揮袖而出。老人自後追之，阻大水不得渡，踴躍而驚醒，自是病愈。是年冬計偕北上，晚泊淮安，望見岸上茅屋，儼然夢境。須臾一人走出，即短帽緑紗衣人，但易縞素矣。因遣人叩問，其人五月喪婦，婦以産難死也。

門神

嘉定縣民晨起煮粥，忽見金盔絳甲將軍掀鍋而啜食，見民反走。民惶懼，挽湯粥潑之，將軍仆地有聲，頓成大門扇上繪門神，潑粥政在神面上。鄰里相傳以爲異。相近鄉紳家夜失一門，驗之，即其門也。無何而有群小告訐之變，鄉紳家大擾。

陝西試卷

嘉靖丁卯，鄭端簡澹泉公典試陝右，獲三卷，擬選魁，疊置案前，時爲之把玩。左右剔燈煤，誤爇卷面，隨撲之而火愈熾，須臾爲燼。公大惋惜，於放榜後給賞甚優，復召三人慰勉之。厥後數年之内，三人者一被雷擊死，一夢魘，一沉於河，皆不得良死。

楊總戎

隆慶初，虜入朔方，殺掠士民。某進士之細君亦在掠中。其友楊紹勳單騎出塞追之，斬首十七級，却奪細君還，令坐案後抱楊腰，獨身與戰。虜萬騎四面逼圍，楊所至披靡，近塞五六里，被賊斫鼻中斷，血淋透甲及踵，竟得至家，下馬而仆矣。其家得良藥傅之，不死。自是名聞虜中，號「楊斷鼻」，積戰功官至都督。

威寧家丁

李威寧有家丁，嘗持短棍擊虎，必中其要害，無不應手斃。他日威寧出獵，未合圍，左右散處，止家丁一人從馬後。有虎突前，便徒手搏虎。虎震迅舞爪而撲，躍起者丈許，其人躍起過之。相持良久，虎不勝，遂走，即倒持虎尾，虎左右旋轉移時，不能脱，力倦，伏地大吼，地爲動，竟跳上虎背，拳殺虎。是人勇力絶於當時，然一聞虜至輒股栗，雖嚴令終不能前，以故没齒爲人奴，未嘗尺寸自致，亦可笑矣。

盜佛像報

南京樊長子，專盜古銅佛，穴取内藏，鎔其金，銷其銅，售之以爲利，不知其幾矣。又盜一滲金佛，長子陰計可得黄金六七兩，有人願厚價贖之，不聽，乃自鼓爐熾炭，一日夜下金不及一兩，三日三投於火，復得一二錢耳。長子甚爲恨，因飲大醉，捲衣而臥。不知爐中爆火已入於綿袖而莫覺，睡方濃，火延衷衣，至灼膚而後驚起，衣帶不能解，遍體焦爛，不勝痛。有頭陀過門，聞叫號之聲，教以爐底灰篩末糝傅，遂痛定而奇癢。日夜沃以沸湯，皮肉脱盡，離離見白骨，猶手扒搔，蛆蟲滿床，洞視五臟而死。長子妻賣爐内餘沙，得百錢，其人鎔出好金六兩，如長子陰計之數。

近有盗韋馱天尊者，抱而過檻，俱仆地，天尊兩指正當盗胸而死。又有盗十餘人，共盗玄妙觀玉皇，已舁出門，欻壓一人於地，不能脱，擒之送官，餘人一一供出。又邵某竊人家金觀音銷之，一年内生惡瘡，舉體糜爛。家人憎其臭穢，棄野外，乞食二三年而死。

洞庭逸事

具區馮太史游林屋洞，其偕入者周生，得一小金龍於洞底，懷之出，不以告太史。明日獨與一平頭，攜鍬具復至其所，共得金龍九枚，龍各一勢，曲備騰驤蜿蜒，皆純紫色，重各三兩，製造之妙，非人工可能。腹下有篆文，都不可識。周生既得之，便病，伏枕數月，緘其一以遺富人，求價十倍。富人驚曰：「吾藏金不少，實未嘗覩此異寶，寒士安從得之？願如言付價。」是夜雷起庭際，周生床頭作風雨聲，九龍自篋中飛出，而周生從此霍然矣。

包山寺有白茶樹，花葉皆白，烹注甌中，色同於泉，其香味類虎丘。一寺止一株，不知種自何來，植數十年矣。山有素封，欲媚顯者，厚價買於寺僧，移栽以獻，茶竟萎，絶種。

囤山游客稀至。四面石圍如困，故名。山上爲五顯廟。去岸水心二十丈許，有怪石，人號香爐石，政對廟門，儼然爐也。石上生桃樹，根大於斗，高僅二三尺，拳傴離奇，未嘗見此好盆景。昔有人欲併石鑿取之，人衆甫集，石忽作牛吼聲，湖水湧沸，有怖而墜水死者。石於是至今無恙，而桃樹遂爲神物，不可得見矣。

戚總戎

王龍江判官自言，嘉靖時從戚大將軍南塘，爲紀功官。爾時倭寇充斥，而閩尤被禍，已陷莆田。大將軍提兵赴援，去莆田三十里軍下令，令三鼓會食，四鼓甲，五鼓進戰。

令畢，方與客圍棋，候騎報獲倭一人於鹿角外。大將軍推枰起曰：「令洩矣。」即黄昏揮兵進，迅於風霆。紀功後大軍十里，騎而從，介士衛者百人爲屯以俟。遥望炬光高下，寂無聲響，度行二鼓，若有冰雹聲起於半天，砰礧礟擊者久之。飛馬還報大捷，乃鞭而馳，近莆數里内，横屍枕籍，馬蹄躪過之。黎明入城，而莆田已復。蓋自進兵及於斯，萬騎交鋒，攻城破敵，未嘗聞人謦咳聲。大將軍追賊數十里，獲其酋日中，旌旗鼓吹而還。於是莆人歡呼動天地，而全閩獲再生之樂。從來奏功之捷，號令之嚴，雖古名將不過是矣。至今莆人廟祀弗替。

褚二姐

府前周二，踏青西虹橋，日暮薄醉，遊客漸稀，與侣一人坐花下而歌。有二少婦亦坐前數十步，俯首凝聽，時相顧笑而低語，歌竟，翩然去。已而復來，廻環左右者數四。周乘醉戲曰：「可同坐否？」婦人欣然席地共杯酌，談謔鋒起，一稱褚二姐，一稱習三娘。餘瀝既盡，一婦人拔髻上金簪付周云：「村酒不堪醉人，此間陸秀才家有好酒，可質數斗也。」一婦人云：「秀才性吝，雖有酒，安肯質人？且渠合有夜警，莫將簪子浪棄。不若某家好。」於是復質酒，歡笑大醉，嬌態旖旎，至月色起於林外，乃起，携手行。婦人鬢邊墜下香草，周拾取，問：「是醒頭草耶？」婦笑應：「此時安得有是？月中仙草耳。」周亦笑：「仙草豈不虞玉兔盜食？我身安得爲兔也？」笑語之際，前過古墓門，婦言：「二君且住，我輩須暫入。」因立須臾，聞墓内呼云：「周郎來。」二人共就之，闃無所見，四顧曠野，絶人家。二人大駭，疾走而歸，視香草猶在袖，潤膩芬馥，猶帶頭髮氣，不知爲何草。明日問酒家，簪燦然好金。未幾，秀才家果有偷兒之警，琴劍如洗。彼婦人者，妖耶鬼耶，莫可問矣。

水　怪

吴江顧氏子婦歸寧，舟行十餘里，忽有物從水底扳舷而上，狀類獼猿，揭盒蓋取菜餅食之。須臾復有數頭，擁而争食，幾爲之覆舟。舟人錯愕不敢擊，恣其食盡乃去。

少陵寺

隋大業，天下亂，流賊萬人將近少陵寺。寺僧議散走，有火工老頭陀云：「爾等勿憂，老僧一棒掃盡。」衆笑其妄。頭陀即持短棍衝賊鋒，當之者辟易，皆遠避不入寺。遂選少壯僧百餘人，授棍法而去，蓋緊那羅佛現身也。至今少陵之名播於天下。

耳報法

歲甲寅，從華生習耳報法。法取聰明夭死及横死人，書其名爲位，并家堂、竈神供之密室，施符呪七日夜，而鬼魂至。初至之夕，耳内微有聲如蠅，既如蜂。復念開喉咒，鬼乃耳語，爲券與之要歲月，供役使，其甚遠者，不過供一歲耳。余初與陳生者同習之，未驗。華生言：「公等精氣未充，不若我代爲之，得鬼便可相授。」於是别去七日，華生飛柬報鬼至。即與陳就問其姓氏里居，乃亡友某人，暴病卒於杭三年矣。問死後情形，鬼言：「自命絶已來，隨風飄蕩甚苦，無棲泊處。曾自訴於杭之城隍，言冥數未當受生。

適爲符使所拘，遂至此。不審此何地，何事見攝？」又問：「還識我否？」鬼言：「不識。」問：「何以不識？」言：「不見故不識。我不能見爾，猶爾之不見我也。」陳遂自通姓名，述所以相召之意。鬼乃怒曰：「生前交厚，何至以妖術見侮！」大罵欲去。華生復燒符禁之，鬼罵不止。余心惻然，竟捨之。會有鄰人子以忿争自縊者，華喜曰：「是可居也。」余又如前法，鍊九日而病，遂棄不復事。病兩月未愈，忽夢鄰人子云：「蒙見召，請問所委？」余答以病且既。鄰人子云：「既召我矣，將安之？」徑走入臥内。余大呼索逐而醒。明日家人産子不育，其臍下帶環於頸，有結如綰，舉家驚異。余心知其然，而悔恨無追矣，遂焚其書而絶華生，并記之以見邪説怪事非吾輩所宜道也。

張運副

運副粤人，初爲廣文先生，分考南畿。其首選，吴中名家子也，被彈章并及房考。後數年大計吏，運副以前事鐫秩。過吴，訪名家之門生，攜宦橐甚厚。門生款接殷勤，爲停舟者累月，因從容諷曰：「此去粤幾千里，負貲涉險不便，盍少留爲生息，門生豈負師也？」運副深然之，遂出橐中二萬金爲寄，而輕裝歸粤。歸一年，遣其子至吴中收債。門生供具甚盛，日致名娼美優，間使無賴共樗蒱六博，相與靡蕩其子。其子問寄金，輒蹙額云：「已買田，不幸歲凶，當奈何？」留連既久，竟徒手去。父怒，復遣，及至吴，復如是。三四年内往返跋涉，所收不過什一。運副憤恨，又深尤其子，鬱鬱致病，欲自來，半路病劇而反，卒於家。明年子又至，致其父臨殁手書，而門生供具稍薄，使幕客爲伴，身自託病不出。數日之後，日減一味，至於啜粥。夜坐暗處，雖幕客亦不至矣。子不勝狼狽，從他門生假貸，僅得抵家。於時門生自謂計得，方夜宴深閨，女伎奏樂，忽耳畔有聲曰：「都！」自近而遠，自一聲漸變至十百聲，歷屋十餘重，皆空中作「都」聲，澈而長，踰時未止。堂内雙朱扉忽然自開，有人面大如其扉，自屋至地，上露微髮，下不見項，兩睛徑尺餘，霍霍直視。諸姬震恐伏於地，而主人飲笑自如。須臾聲寂，扉亦扃如故。是後怪事日見，群犬列坐而相揖，巨蛇自梁垂下，食案間飯，白晝見運副衣冠立簷上，揭屋瓦而奮擲。一家爲之惶擾者數月。會當試禮闈北行，夜聞空中語：「是人福未艾，且去。」從此夜遂寧。其後二十年間，成進士，歷美官，富雄於一郡，居林下且老，晝坐園亭，恍惚見運副向之再拜曰：「今日始爲爾子償債也。」驚起無所覩，而後房適報生子，乃大疑，謀於所知，恐將來敗門户，欲不舉，猶豫未忍而病篤，竟歿。於是數十年辛勤之積，暗歸之張運副，不獨償其宦資，且并有其舊業矣。

韓氏宅

韓上舍故宅在中巷，東偏小堂三間，試以指南，必東西易向。或言其下有寶氣，上舍遺人搜掘，遍一室終無所有。其後於墻下得一石子，以示識人，云是鵶鶻石，直千金，遂珍重襲錦綺而藏之。余嘗得請看，石紫黑色，細潤，大於鵝卵而匾。又云於水中映日，有光射入水底，未試也。然其宅倒向如故。上舍云：「寶氣猶在，不止一石。」今上舍作故客矣，宅亦屬之他人，安得司空，識豐城間氣也。

高辛硯齋雜著

清·俞鳳翰　著

高辛硯齋雜著目録

紅僵……一
狐報恩……一
丁一士……二
虎食人……三
黄楷説鬼……三
柯山怪……四
百尺樓蛇妖……四
東野……五
道士……五
異蛇……五
異蛇二……六
蛇頭……六
吐錢怪……七
柏樹神……七
復活……八
城隍道喜……八
僵尸……九
朱八相公……九
五仙……一〇
仙像……一一
貓怪……一一
臟腑神……一二

樹中貓……一二
樹中貓二……一三
雷殛蛇妖……一三
紅衣婦人……一三
保定城隍廟……一四
奎星……一四
醫……一四
夢醫……一五
鬼去痞……一五
土神……一六
前世……一七
地中怪……一七
鬼梳頭……一七
鮫門口……一八
鬼趣圖……一九
蠍鬬龍……一九
借命……一九
豎目怪……二〇
巨臉……二〇
朮……二一
犬……二二
索命……二二
鬼附體……二三
回煞……二三
遇鬼……二四
怪病……二五
俠客……二五
高壽……二六

越公墓……二六
蛇索命……二七
蜈蚣……二七
尸變……二八
魚報恩……二八
紙燈……二九
怪魚……三〇
小人……三〇
贔屭……三〇
巨蚌……三一
白鱔……三二
月下老人祠籤……三二
帚怪……三三
傀儡怪……三三
鬼窟穴……三四
棺中人……三四
金某……三五
巨黿……三五
狐仙酒……三六
鶴兆……三六
鵲拆窠……三七
溺鬼求代……三八
樂器……三八
三太爺……三九
宅妖……四〇
三足貓……四〇
文曲星……四〇
祝由科……四一

狐……四二
石窖……四二
某總督……四二
痘兒哥哥……四三

紅僵

某公在東省署課讀，夜與一僕同臥書室。忽一夕，窗扉豁然洞開，大駭，望見窗外立一人，面白身火赤，向内嬉笑。某益愕，屏息偷視。怪忽躍入，似知其醒者，徑至僕榻，伸手入帳，捩其頭拔出，吸腦有聲；腦盡，擲去頭，復探手擢腸胃，仍躍去。某悸絶。次午，主人破扉入，見僕屍分裂，某僵臥，目動口噤。灌薑汁，良久始蘇，述所見，然不知何怪。某術士頗神符籙，聞之曰：「此紅僵也。幸面尚白，否則震霆不能誅矣。盍尾血迹迹之？」果得於城外荒冢中，集衆白晝斲棺，尸猶奮臂起立格鬬，幸人衆，踣而焚之。

狐報恩

杭州徐某，幼時遊西湖上，見一湖莊甚精潔，二女子倚門立，艷絶。徐某方顧盼間，忽女子含笑招徐入。徐佻㒓從之。甫入門，見几席華美，肴酒陳焉。又有三女子並來款接。徐駭欲出，女子曰：「今日之席，正爲君設。」强挽留同飲，極醉辭歸，五女俱送出，且殷殷訂後會。歸語其友，友色然曰：「此某氏祠堂，何女子飲爲？」因偕往，果祠堂，門久閉，魚鑰寸塵，異而返。閲十數年，徐爲福建臬司幕友，夜閲富户竊盜案卷，已情實無翻理。少倦，憩，即夢五女子跪求，白此案冤。膠擾終夕，異而白之臬司，復提訊，始得實，富户之誣雪。某乘間問富户：「若與五女子何德？」曰：「無之。」「試三思之。」富户曰：「某少年出遊越嶺，見丐者獲小狐五，將烹矣，憐而贖放之，其殆是乎？」某曰：「信哉！」

丁一士

某鄉試入闈，見同號生於出題後，即解考籃，出肉一方，約五六斤，酒一小甕，烹肉暢飲，俱盡，下簾酣臥。至三鼓，則起嘆曰：「休矣！」遂伸紙命筆，俄頃成三藝。某大驚問之，曰：「某入場輒摹元，若不得，每曳白出。今歲又不稱意，然戚友迫勸已屢，不得不草率完卷。今得魁矣。」某益駭，問其姓名，曰：「吾姓名三字不出六筆，君看榜可知矣。」是科中式果有丁一士者。

虎食人

海鹽傅某，曾遊某省。一日，獨持雨蓋行山中。見虎至，急趨入破寺，緣佛厨升梁伏焉。少頃，虎銜一人至，置地上，足尚動。虎再撥之，人忽起立，自解衣履，仍赤體伏。虎裂食盡，摇尾去。傅某得竄遁。後年八十餘，粹庵聽其自述云。

黄楷説鬼

黄鐵如者，名楷，能文，善視鬼，並知鬼事。據云：每至人家，見其鬼香灰色，則平安無事，如有將落之家，則鬼多淡黄色。又云：鬼長不過二尺餘，如鬼能修善，則日長，可與人等。或爲淫厲，漸短漸減，至有僅存二眼旋轉地上者。亦奇矣。

柯山怪

施某讀書柯山石佛寺精舍，外有石池，某即下榻其中。一日睡至夜半，忽窗扉驟開，二怪物躍入，直逼床前，如人被髮，又若無首。某駭極，手劍揮之，不動，既以劍向物書「乾元亨利貞」五字，物始稍稍去。危坐至旦，窗果開焉。急起語僧，僧曰：「固有之。」遂移讀他所。

百尺樓蛇妖

蕭山有百尺樓，高三層。人每見第三層上有女子，倚窗四眺，見人即隱，不知何怪。樓下有巨蛇，長數丈，粗如桶，往往出遊。余友菊笙曾見之。或曰女子即蛇魅也。

東野

武康張蒓香，余友也。嘗言邑有孟東野墓，每春日，邑中詩人醵錢往祭，祭罷共飲爲樂。某歲祭畢，有一人曰：「今日雅會，請各吟詩一句，須以『東野』二字着句首尾。」衆方搆思，蒓香脱口云：「東風吹緑野。」衆驚，嘆爲神助。

道士

蒓香弟號春牧，曾與一道士夜深行田塍間。忽一鬼長嘯出道士前，疾馳去，聲若裂帛，影若駛帆。次晨道士死。

異蛇

余在湖南麻陽縣署時，署後荒地數畝，枕城墻。其鄉人云：某年有人傍晚遊城上，俯見署後隙地厝漆棺一具，方疑訝間，棺前和上有二眼瞤動，始知爲異蛇也。

異蛇 二

陳石民言：幼時見一蛇，黑質黄章，亘若錦帶，幾拾之，幸爲老嫗呵而止。僕人安長嘗爲余家對門許姓守空宅。一日在書房敞窗晝卧，窗外枇杷樹時結實甚繁，睡夢中聞攀折聲。急躍起，見大蛇純金色，頭帶雙角髯然，倒盤樹顛，每一舉吻，輒盡數枚。大號走出，迨偕人共視，蛇已杳矣。

蛇頭

有王嫗，向在余家叔祖處幾十餘年。偶至後園劚筍，見土中蛇頭無數，怒目作欲噬狀，遂驚悸得瘋症。

吐錢怪

己亥年，吾鄉馬橋鎮某鄰近作夥，家惟妻及婢。忽聞空室中錢聲鏗然落地上，遣婢往視，一物伏梁上，鯉魚首，蛇身甚短，錢即口中吐出。婢呼主母至，物頓隱。就地得錢百二十文。越數日，聞錢聲落如故，急遣婢奔告其夫。夫偕隣人集視，物從容逸去。復數錢，得千二百。隣人因勸某設香案供奉之。某不許，亦不介意，而怪遂絶。

柏樹神

吾鄉州署中古柏，素有神。前州尊胡公始到署，欲廣住宅，即命伐去。衆諫不聽。匠人曰：「須大老爺親至樹所命斫，始下手。」胡公象服遽出，仆地，衆復諫，不聽，遂截去小枝。胡公驟得異症，十指盡墨，數日尋卒，蓋爲柏神所祟也。先是，張雨樵先生刺吾鄉時，一幕友寓古柏軒，夜夢古衣冠人，鬚髮皓然，即其案取紙筆作草隸數字，云：「吾古木之神，犯者有咎。」及旦視之，字跡宛然，因勒石貯庫中。

復活

癸巳年，陳櫟餘丈宰江陰時。夏日午後，礮頭風起。傍晚，有報省城委員某自靖江來，渡江，舟覆溺死。櫟翁即懸賞募人打撈。至第三日，始得三屍，一委員及二僕。中一小僕手握委員臂同死，牢不可開。越半日，小僕忽甦，詢之，云：「方落水時，力牽主人欲同踊出，因風猛浪洶，無所施力，未幾遂暈絶，不知何以復活也。」蓋其忠主情至，故江神護佑。録之以爲義僕勸。

城隍道喜

湖州麗楚漁，名公照。未中時，五六月間，其鄉人染疫，家人將禱邑之城隍廟。病者忽曰：「今日無往，城隍神適至麗相公家道喜去矣。」衆未信，迨榜發，果捷。後舉進士。

僵尸

汪祥初者，忘其里居，營葬於鄉，寓某氏祠堂。送葬者甚衆，正屋盡客住。祥初無可下榻，視後院有樓屋數間，因獨移臥具宿樓上。睡至三更許，聞下有聲甚厲，疑爲盜，亟移燈下樓。四照闃無人跡，傍一室閉焉，遂推户入，見有面壁立者，身雪白，被髮及地，寒氣森然。方驚顧間，物忽倒仆於地。因大駭，急逃至樓上，闔扉竊聽，復聞擊觸聲，遂暈絶。次日，衆排闥救醒，偕往開視，則一僵屍，仍仆地上，指爪繞身數匝，牙巉巉出吻尺餘，不知何所自來。集衆火之。

朱八相公

沈夢巖世伯，因事寓西湖上某寺。寺旁屋數十楹，爲歷來厝棺之所。一日，世伯事少間，與寺僧談。僧曰：「君欲廣覩聞乎？」遂偕往寺側殯室，啟鑰入，見中停靈柩以千百計，奇形瑰製，類目所未覩。惟當中一棺獨鉅，設香案其前。異而詢爲誰何，僧曰：「此宋末朱八相公柩也。相公嘗授徒寺中，死後殯此，歷數百年，且神。凡厝諸棺有爲厲走僵者，輿櫬至相公傍，數夕即帖然，故香火不絶焉。」既而歸寓，僧忽曰：「吾觀君固好奇，君欲見朱八相公乎？」世伯且喜且驚，曰：「何也？」僧曰：「相公雖死，實不死，爲地仙，常游行海内名山大川，時則歸，歸時可見，或不見。今且歸，容卜之。」世伯大愕，益喜，趣僧往卜。反，曰：「有緣哉！相公許於某日見矣。」因齋戒。及期薄暮，僧引至殯室對面一屋，有月洞，跂望之，果見停柩廳廊，有一人偉身白面，美鬚髯，方巾繭袍，倚欄瞻眺，有頃入室，遂不見。世伯親爲余述之，並云：「相公柩前有阮太傅碑，記載顛末，類僧言。」

五　仙

汪礪軒軍門爲處州提督時，其署跨山爲園，多亭臺竹木。樟樹大數圍，有神。又立五仙廟署中。每夕值宿，更夫四人，自二更起，每更一人，歷有年矣。忽一夕，聞人聲甚諠，詫問之，則一人去擊柝，餘皆臥憩亭中，忽三人中不見一人，四覓不得。復多人冥搜，得於山後懸壁下叢竹中。梯引纔上，已昏絶。急救之醒，問之，云：「方與同伴倦臥，忽一白人曳之行，欲呼，噤不能聲，遂曳入荒榛穢莽中，頭目幾損，猶力曳不止。幸多人來覓，始棄於此。」或疑犯五仙所致，次日禱之。後亦無他異。

仙像

陳星次言其同鄉朱姓，鋸松作扉，共成板十塊，每塊上隱起一仙像，八塊適成八仙，餘二塊一作壽星像，一作野猿獻果像，皆筆致生動，非畫工所能及。其家因取八仙像飾廳事，未幾燬於火。壽星二像爲其友東陽人攜去，不知所終。

貓怪

星次館某家時，臥榻設楼下，室扉甚固，非自外力推不能啟，樓上即課徒所。一夕正夢寐間，聞有推户者，聲甚厲，履橐橐且入。因驚起坐，聽物已至前，若吼若喘，繞榻緣梯而登樓。旋聞樓上貓聲格鬬，既遂寂然。次晨，扉果闢矣。至樓上尋覓，貓毛盈几，餘亦無他異。其徒嘗登厠，見厠上一巨毛人坐而摇膝，大駭返奔，物亦遂逸。

臟腑神

吳子薑言：其叔嗜臭雞鴨子數十年。一日静坐，忽聞腹中人語：「吾臟腑神。汝以多食穢物污我，將禍子。」因悸得膈症，年餘卒。

樹中貓

新城某村大樹自仆，鄉人鋸之，中有物若貓而鉅，視其樹，無穴可入，駭而投之。翼日有人至其鄉，言語不通，若渴有所覓者。及至草中見此貓，急取而逸。不知何寶也。

樹中貓二

某鄉雷擊一樹，樹腹有怪，同貓狀，已斃矣。越日怪忽自行至數里外，仍踣於路隅。予弟曾館於鄉，見樹瘿成一鼠，首尾四足皆具。

雷殛蛇妖

辛丑夏，雷震諸家橋，有大樹拔起。翼日，鄉人徙諸野而鋸之，腥血滿地，視之，二蛇大如碗，直塞樹腹中，已截爲四斷矣。

紅衣婦人

陸眉生言：其祖自陝甘入都，破曉車行黍隴間，忽轅駒嗥躍，車夫大呼墮黍中。急掀簾視之，見車前紅光一道冲起，光中一紅衣婦人，掠車上升，欻然電滅，不知何怪。

保定城隍廟

保定城隍廟極壯麗，後多空宅，爲妖所據。有借寓其中者，傍晚聞後壁嬉笑聲，就門隙窺之，見少婦四五輩赤體而戲。大駭走避，亦莫解是何怪物。

奎星

金稚穀言：殿試前一夜，卧館中，似聞僕呼有異。驚且覺，有物排户入，大面絶青色，若以重器點其額而去。時夢已醒，其怪猶隱隱在目前，大駭。後以一甲二人及第，始悟所見乃奎星也。

醫

朱二酉言：鄉人某大醉歸，忽張目哆口，不能言動，狀若死。急延醫至，皆束手。

最後一醫云：「是易治。須喚一孕婦，梳其髮，當愈。」如法治之而甦。二酉素知醫，每言不解其理。吳卍生先生云：「大醉陽氣陡盛，陽極而陰，故有此象。孕婦陰中之陽，梳其髮則陰陽通，是以愈也。」理合然歟？

夢醫

家秋園叔祖言：「生噉芋頭，螫毒立瘳。」叔祖少有力，善堪輿，其殁也，予輓之曰：「負力愛談人搏虎，如神慣識地眠牛。」又江丈佩蒼，世精外科，有隱德。丈忽患黃疸，劇甚，百藥無效。瀕危矣，忽夢一老者，採藥草滿筐，隨手取一草令噉，頓覺神思清朗。寤後細思所嘗草，乃牆根金雞尾也，隨覓得，連服數劑，病若失。

鬼去痞

丁未夏，京師陳氏婦素膂力過人，能開五石弓，忽病痨，年餘，腹漲如鼓，面目日黑瘠，卧床累月，漸不能飲勺水，飯粒米，奄奄氣微屬。家人見其危，移之榻，俟瞑目即斂，室惟一老嫗守焉。夜半大雨，霹雷巨震，墻壁俱動摇，人人惴恐。病者自床躍起，繞室狂走數十轉，則上床仰卧，開言曰：「吾疾去矣！」嫗大驚，奔集家人，環訊之，曰：「方雷震時，覺有奇鬼牽去，至一宫殿，上坐獰面王者，叱令刳五臟。隨有鬼持利刃剖腹，攫取腸胃，并欲摘其心，遂愕呼而醒。頃已胸次疎通，宿疾全去矣。」家人摩其腹，果痞結盡消。自後進飲食數日，遂如常人。

土神

馬譈香言：今歲北上時，舟次常州道中。方午食，忽聞船尾頓足聲甚厲，大驚呼僕問故，皆摇手不答。因投箸往視，則一舟子蜷屈後艙，手足亂舞作馬騰踏狀，自言：「吾土神，需騎甚急。」船户叩頭哀懇，許焚紙馬，始蹶然甦。不知何祟也。

前世

丁鶴卿自言前世爲棗花庵僧。棗花庵即愍忠寺也，迄今每遊寺中，歸必恍惚發感冒，故戒不入此寺云。

地中怪

鈕松泉未殿撰時，留京得一館。卧至夜半，忽地湧出裸體女子，登床相嬲，遂暈絶，至曉始寤。急辭館他徙。

鬼梳頭

杭州謝某，偕友考崇文書院，歸途遇雨，獨行稍緩，雨益猛，急避某氏殯宫廊下。忽聞屋中細碎聲，從門隙覘之，見一少婦獨坐理髮。駭極狂奔，至石塔前，始值諸友，已無人色。歸家數日病卒。

鮫門口

鶴卿言：客鎮海時，每王石樵先生自定海來，必先期報知，輒與友數輩往招寶山寺設席以待，至則暢飲爲樂。寺樓臨眺，大海在目。一日遥見兩艦順風而來，知石翁將到，甚喜。忽颶風陡作，其冷透骨，窗扉盡闔。窗上見一圈黑影，大如數丈鏡，鏡中波光倒瀉，萬珠迸落，駭甚。驟聞巨震一聲，則黑影失而石翁之舟已撞山脚矣。急下山扶石翁上岸，驚定共坐，石翁始述：方揚帆風利，疾行若駛，俄風起波立，舟忽中止。及水勢驟落，不覺順流觸岸。衆大異之，詢之寺僧。僧云：「此鮫門口，下有巨鰌，不知幾百丈，每一翻身，輒致此險，不足怪也。」

鬼趣圖

馮小亭云：曾見羅兩峯畫《鬼趣圖》，下注云：「往於焦山下見一奇鬼出水，綠髮紅喙，其光照處，廟宇墻垣皆作綠色。」

蠍鬬龍

道光十八年秋，天津大雨，平地水深數尺。後見一巨蠍若騾，墮死野田中。鄉人云：雨係蠍鬬龍所致。

借命

杭州許某，累試不售，甚憤懣。偶與妻計：餘杭黃鐵如能借命，當謀之。次日見黃哀懇。黃曰：「君已與尊夫人議之乎？此事尚易，然他日事敗，尊夫人必先受其咎。」

因問：「貴族鄉試者幾人？」曰：「五六人。」曰：「然則入闈時，須雇健夫駕輿，先入先出，必中矣。」如其法，果捷。後在京忽得家書，其妻暴中惡死，大駭曰：「嘻！事敗矣！」遂得疾，不數月而卒。

豎目怪

嘗記南京蔣心楣同年，言其家住房後有小屋數間，爲寘薪之所。幼時偶入其庭，見有枕門限而卧於内者，髮短赤倒立，聞人至，回顧，目豎生頂上，睒睒有光。急走，遂不見。後有老嫗曝衣其處，薄暮收衣，有赤衣人抱其腰。大呼，怪即入薪中而滅。

巨臉

俞襲芸曾言：大外廊營住宅一小院，書房三間，向庋雜物，久閉置，某歲欲延師，始掃除焉。一日傍晚，偶至院散步，見有巨面塞門中，眉間尺許，雙目瞠然外視。急反，奔呼衆入，已空洞無物矣。

朮

新城山中天生朮極不易得，每年僅獲一二枚。一鄉人斫大樹根作薪，根劈中有泥裹一物，大如毬，視之朮也。喜甚，暫置於地。適野猪過，齕其半。急奪殘餘，後售得八十金。有開藥肆者，歲杪至山中取賬不得，將歸，見一童驅牛，以衣貯磊塊物，問之，云：「適自山坳掘得，不知何藥也。」山人皆不能名藥。肆翁視之，皆天生朮，遂佯言：「此野芋，不足食，然可入瘡藥，盍貨我？」童喜，因以數十錢購之。負歸，稱得十餘斤，卒以致富。某得朮如拳，剖之中孕石卵一枚。朮葉似麻，花色白。採藥者每裹糧入山，或遇仍不見，或一見輒隱，蓋有神云。

犬

新城羅翁有四子，皆恃富橫行。其三子在某處樓上讀書，一夜方與窗友談笑，忽聞門外犬吠甚譁。推窗視之，果見數十百犬遶門嗥鬭。其三子曰：「吾當持梃開門擊之。」及啟門，樓上觀者見下已無一犬，持梃者亦見犬盡散，將闔户，忽有犬突入，嚙其股而去。初不覺痛，猶登樓誇衆曰：「犬盡矣。」逾數日毒發，覺若犬嚙其心肝者，遂叫呼不絶死。

索命

陳石民言：有僕張姓，向爲穿窬而卒善士者。某歲，其戚唐姓忽失竊，誣僕，遂遣去，爲邏役所得。僕對曰：「他日出，必仇唐！」唐恐，賄役扼殺之。逾年中秋節，唐某夜醉過陳氏門，見輿馬甚夥，其僕門焉。悸而歸，使人探聽，則方施盂蘭會，遂感疾卒，而本支絶。

鬼附體

馬譓香言：其内居停往某處拜客歸，從婢蓮喜纔入門便號咷哭，且叫曰：「我不去！我不去！」知有異，集家人呵問之，則鬼言曰：「我須衣數件，錢數千。」且言：「我足小，步履甚苦。」因即買紙衣冥楮，牽婢出門外，焚送之。鬼猶不去，閽者乘醉大言曰：「再不去，當試老拳！」婢不語。後牽入，少臥始醒，問之，言見一婦人，衣百結，欲曳之他往，故畏而哭云。

回煞

沈明崖言：幼時其表嫂死，偕母往弔，適接煞。死者遺幼孩未周歲，索母哭甚。明崖抱至樓上空室，撫之睡。時方二更許，聞户外聲甚厲。急出探視，即聞房中小兒慟哭聲，復奔入視兒，值一婦人從房中出，倏不見。知爲鬼，大驚號，顛樓下，衆集始定。噫！慈母雖死，猶念生孩，爲人子者宜何如思報昊天矣？聞之益令深霜露之感。

遇鬼

嚴蔭軒言：孫某向寓全浙新館，偶夜乘醉欲往粉坊琉璃街，迷途至城隍廟前。見廟門大闢，進出者甚衆，門外百貨輻集，兼有設拆字攤者。方疑視間，適有舊識車夫驅空車回，見之呼曰：「孫老爺何故在此曠野獨步？」始寤，雇車歸寓。知遇鬼，次年卒。

又言：某歲在鄉收租，作一短寓，離佃户處約數里許。一夜攜燈歸寓，過其族某家，方娶婦，新人未至，因夜深，遂過不入。獨行至青蓮寺，枯桑遍野，路枕大池。望見一女子紅衫前行，疑爲娶婦家喜嬪。既思新婦未至，喜嬪何獨歸？因躡之。手中燈焰驟縮如螢，方注視，紅衫者忽駐足回顧，面雪色，髮蓬蓬如塑土偶。大駭，燈隨滅，遂反奔至族某門。恐衆笑膽怯，詭云：「適燈燼，還取燭耳。」其家因與燭，復行至前處，心動曰：「往返數刻，其鬼豈猶在耶？」纔一仰視，則紅衫隱約，宛在目前。益驚，月色愈晦，風復滅燈。更奔還，適新婦方入門，鼓樂喧聒。衆驚問之，猶以燈滅告，衆曰：「必有異！」遂著衆人偕往，始達寓所。是日，娶婦家見一板凳曲折自行數十武。不一歲，其家相繼死者八人，始知諏期不慎，得凶日所致。

怪病

邵价人言：曾見一屠者，後得奇疾，粒米勺水不能入口，飢渴甚，稍進飲食輒脉動筋摇，痛楚欲絶。醫不能治，卒餒死。殆殺業之報歟？

俠客

嚴蔭軒云：去年自保定入都，至定興晚尖。方下車，見一少年跨駿馬北來，背黄色囊，同入店，蔭軒與對面坐。少年呼酒保：「將燒酒一斤、雞子二十枚來。」蔭軒亦呼酒保小酌。少年飲噉立盡，復呼取酒及雞子如前數。蔭軒大驚，起問姓氏。少年曰：「姓陳。」「年幾何矣？」曰：「十五。」且言自九歲即獨往來燕齊間。蔭軒益駭，睨其旁黄色囊，戲以兩手捉之，重不勝。少年顧笑不語，復將雞子、燒酒啖盡，面色不變，光采照人，出錢償肆主，負囊躍馬南馳去，風起塵上，倏忽不見。合肆俱驚，殆劇盗大俠歟？

高壽

蔭軒言：曾見老人郭容城鬚長尺餘，分三截，上、下純白，中節全黑，時已百二十八矣。癸卯，予弟自路仲里歸，過斜橋鎮，見鄉人作堵墻觀而異問之。則一施姓老者，百歲人也，負斗麥出市，鄉人稔知而聚觀焉。徽州胡文甫選拔言：績溪有汪姓者，年九十，猶行十里，擔柴入城。又有年九十三，姓王，每入山採樵，其孫弗克荷，必代負歸。又有壽百零三歲，其妻亦壽百歲，姓章，號南銘，嘉慶初猶存。

越公墓

周岷帆言：揚州某氏子，能視鬼，常言鬼孱弱可憐，擊之輒仆，移時始能起。其兄曰：「盍偕我觀乎？」曰：「易耳。」一夕攜其兄至越公墓。越公墓者，鬼藪也。縻其兄高樹巔，以己唾沫敷其目，戒勿怖。某逕往墓門獨坐。至三四更許，兄俯瞰樹下奇鬼四集，陰風襲肌，其弟指揮如意，若戲傀儡，遂駭絶。迨東方既白，某升樹呼兄，氣微屬，急負歸療治。有頃漸甦，自此不敢復往矣。

蛇索命

蔭軒云：菱湖鎮有王三者，販青果爲業。夏日偶乘舴艋他往，倚篷窗四眺，小倦，枕几卧。舟子正摇艣間，忽聞艙中墜几聲，因駐艣窺之，見王三蛇冠焉，大駭。急抽篙擊蛇，蛇逸入水，而王三已暈絶，頭漸腫，紅圈繞之。遂載歸，呼其家人扶上岸。王三稍醒，語家人曰：「方倦甜間，覺有物盤於頭，驚視則蛇尾在几上，因悶絶。此蛇殆來索命，吾其死矣。」俄頃頭紅腫如斗而死。

蜈蚣

某姓酒房雷擊蜈蚣一枚，長三尺餘，首有穴胡桃大，或曰龍取其珠云。

尸變

某翁死，停尸廳事，十餘人環守之，以憲書、銅鏡壓胸際，兩足囊巨斗。守者至半夜，忽聞斗有聲，駭視之，足微動，胸鏡倒，落地鏗然。衆狂奔，尸蹶起直追。衆急闔扉，一人悸不能步，爲尸所逼，匿户後，尸抱户，遂駭絶。是夜衆不敢復出，天明起視，則尸摟户上，兩指陷栗板入寸許，力拔始脱。俄見户後一人死地上，急灌以薑汁，良久始甦。

魚報恩

陸眉生言：其姑適某氏，舟行江中，夜夢一老嫗跪其前求救，問其故不得，但口稱「三十二」者再。寤而莫測其旨，方疑慮間，忽聞船尾有人大呼「三十二」，始駭。遣婢探問，則舟人方買黑魚，與漁者論價，每斤若干也。遂恍悟夢嫗，計漁人所得黑魚，悉買放之。數年後復行江中，暴風驟起，浪湧若山，舟幾覆，不能入口。忽見黑魚數千浮水面，浪稍平，始得守口避風，幸免於危。

又言其尊人嘗江行，見漁人網得一巨魚，約數百斤，鱗文五采，異而買放，倏然不見。眾僕相與訾曰：「此魚承主人贖命，入水即逝，殆不知感恩，惜不將此冥頑物飽吾等饞腹。」方議論間，魚從江心躍起數丈，鱗甲爛然，凡三躍，始不復見。僕眾遂大驚異。

紙燈

馮小亭言：餘杭有潘香士者，合家患疫。其父死三日而香士病篤，覺有人至床前，偕之行，遂蹶然下床，若釋重負。回視己尸甚穢，因不復顧，偕來人同行。如一葉扁舟，乘風下瀨，又如塞外秋高，鶩沙夕起。俄頃間，隱隱見城郭宮殿，復有一人迎面來，遇偕行者云：「潘某之父，生有隱德，渠不合遽死，盍送歸。」遂踽步獨還。又值一人，手燈籠自遠而至，則其母也。大號而甦，急問母，適氣絶矣。其母平日持齋念佛，每宣佛號，輒誌白紙燈上，故死時得以照路云。

怪魚

余弟客渟溪錢氏，曾見居停買一大魚，腹下鱗盡逆作梅花紋，兩目瞬動，駭而投諸河。

小人

山東趙星橋孝廉言：海濱所得巨魚，千餘斤者常常而有，無足怪。所怪者，時網得一二寸小人，耳目手足畢具，出水猶蠕動，少等即斃，不知何物。又有魚正方如桌，無鱗鬣，惟二巨眼，烹食之，亦無他異。

贔屭

粵東關姓言：曾曉行大海中，見正東海面有白氣一道如霧，自水衝出，直上霄漢，周圍約數十里。既舟駛入霧，覺腥不可耐，逾時始過，殆蛟蜃之氣歟？

又言：嘗曉泊海汊，風起浪湧，遥望洋面巨魚，長數十丈，或百餘丈，往來潑刺，以數千計，真大觀也。

又聞英咭唎夷船，曾於海島獲三異物，似巨龜而長脚，蹒跚行，腹離地高數尺許。殺其一烹之，食者盡死。以爲怪，蓄舟中。後阮太傅聞之，曰：「此贔屭也，絶有力。」索而置諸園，令五六人坐其背，物盤辟署不覺重。所過之處，亭臺山石俱爲推倒。急返之夷人，仍投於海。

巨 蚌

吾鄉趁船橋巨漾内有蚌，大如偃舟，直插泥中，歲旱水涸，往往見焉。

白鱔

沈某言：曾見馬橋野港中雷擊白鱔一條，浮出水面，約長一二丈，尾如覆板。或云是物至毒，食之令人爲血水。

月下老人祠籤

馮小亭云：杭州白雲庵月下老人祠，祈科名籤極靈。語係拉雜各成語爲之。小亭己亥科祈得一籤，爲「踰東家墻而摟其處子，則得妻」，莫解所謂。一友賀之曰：「君明科必中，蓋籤中藏『子則得』也。」後庚子果捷。又陳實庵同年同祈科名，得「落霞與孤鶩齊飛，秋水共長天一色」二語，是科竟中副車，亦巧絶矣。

帚怪

鈕虁梅言：其族某家，每日早起見當門有遺矢，詬責婢僕，弗之異也。既攬桌上旋見矢穢，大駭，且見者弗語即拭去，稍净，否則隨拭隨遺，不知所從來。積半載，偶見廁中有敝帚，其下遺矢堆積，異而焚之，患遂絶。

何二如言：向寓繩匠胡同時，忽有蝨異，炕上氊爲之蔽，急以新者易之，不踰時又盈焉，甚至几席盤匜間皆蝨，無慮千百，纔去即有，亦無術驅之。某夜忽猛雨巨霆，雷趨火入厨，復繞至書室，破屋梁出，不知所擊何怪，然自後竟絶蝨患。

傀儡怪

某家蓄一貓，貓質虎斑。一夜其主人獨宿書齋，方夢寐間，忽貓聲甚厲。驚起坐視，月色照窗若白晝，見一小人黑面，將軍裝，手執鞭，跨貓疾馳至榻前，遂大叫悸絶。家人知有異，急排闥入，則貓聲猶嗚嗚，人已僵矣。因搗薑救醒，始述所見，卒不知何怪。

次日冥搜室中，至壁角，見一泥傀儡，乃玄壇像也。投之河，怪絶。

鬼窟穴

蔭軒言：人兩大指相並處，有穴名鬼窟，凡鬼附人能語者，必從此入。治法以艾灸穴三次，能令鬼死。

棺中人

吾鄉某甲乙兄弟二人，素無賴。甲一日他適，至夜半未歸，乙已臥，忽有人叩門呼曰：「爾兄醉甚，現在某處叢冢間，可急往掖之歸。」乙因起，闢扉，寂無人。急尋至某處，見甲方醉卧一破棺上，嘔唾滿地。遂負歸，醒，問之，實獨飲無伴。行者始悟來叩門者即棺中人也。

金某

湖州某翁，家素封。其夥金姓者，徽州人，在其家三十餘年，司出入甚謹。未幾，某翁卒，遺二子，放費無度，家中落。金夥數苦諫，不聽，憤得風疾。翁墓在郭外十餘里，金夥輒獨往，徘徊墓樹間，若與人晤語者，必使人尋之始歸。忽一日，四覓不得，後得於某處河中，已溺死矣。翁子因殯之，將送其柩回里。忽有擔水者至河濱，發昏囈語，曰：「吾即金某也。」因呼翁子來前，數以不肖罪，且言：「吾柩不必送，吾子行自來取。然吾魂當先歸，現與某作伴，再雇某作价相隨矣。」且言：「生前有錢存某處，可索來焚楮陌，無多費主人錢。」翁子如言焚送，鬼遂去，而擔水者甦。後探知其伴及所雇之人皆徽人，數年前客死湖州者。

巨黿

某江行阻風，泊舟沙際，舟人因踞沙中磨石析薪。少間潮至，即束薪登舟，水滿沙活，下視巨黿蠢然而走，始悟磨石黿背也。東海有魚，具手足，巨鱗鋸齒，時登岸逐人，人以爲妖，不知即《山海經》鮫魚也。

狐仙酒

蔭軒言：客山左時，嘗攜酒一壺，與友數人登城樓，對月席地飲，且飲且談，各傾百餘杯。忽聞雞聲，則天漸明矣，皆大醉蹩躠歸。既醒，始大駭：壺酒何以盡醉？一老者云：「此仙醞，凡行遊狐仙，知人嗜飲，密益其酒而弄醉之也。」後盛壺水以注之，纔二十餘杯云。

鶴兆

瞿京之言：其邑有三教堂，乙巳春間，有鶴飛集教堂屋脊，霜翮朱頂，徘徊一宿而去。初，金翰臯同年寄居嘉定，今夏以第二人及第，人皆以鶴爲之兆云。

鵲拆窠

京之言：其友某嘗館某太史家，去年夏，忽見庭樹雙鵲，自毀其巢，俄頃而盡。方愕然不知其故，未幾太史考差，以夾帶獲譴。既移寓永光寺，見寺外一樹，鵲巢如斗，不數日鵲又自毀且速。知其異，急移寓他所。月餘，同寓寺中者亦以懷挾得罪。又言：其戚王某館内城某宅，一日早起，見庭前枯柳上有數十小人，約長數寸，皆作時世裝，往來游戲。疑眼花，拭目視之，愈真。急呼家人至，遂不復見。又言：某自雲南歸，道宿一店。甫寢，覺有物觸床板，橐橐作聲，異之，久不成寐。遂啟視之，則一人頭在焉，血痕猶新。大驚，急拜祝曰：「知君冤，然某力弱，不能代雪，幸原宥勿擾。」祝畢倦甚，復覆被卧。聲觸板益急且厲，益駭，立起促裝逸。又言：塞外風力甚猛，有騎馬山行者爲風攝去，觸峭壁上，人馬俱糜。至春融雪霽，遥望石壁有隱起一人作跨馬揚鞭形者，即血蹟也。

溺鬼求代

周岷帆言：有僕某至城内達子營某宅，薄暮不及出城，將假宿於東單牌樓舊主家。沿城根行里許，忽有數人與之偕，且挽飲酒肆。薄醉出門，其人復以餘錢及瓜子納僕懷，仍同行至御河橋。天已昏黑，蹩躠不成步。其人謂僕曰：「爾欲往東單牌樓，涉水行路較捷。」遂向橋下招僕。僕欲入水，爲橋欄所阻，不能下。水中人遂上橋爭拽之，且以泥塞耳鼻幾滿。正沈迷間，適有數人攜燈至，鬼盡散，因掖之曰：「爾自達子營來乎？吾且送爾歸，勿忘鄰寺燒香也。」至達子營某宅，門啟，仆而入。掖起問故，出謝送者，已杳矣。探懷，錢及瓜子猶存。先是，達子營有廢廟，爲狐所據，禱應靈驗，始悟前所遇者爲鬼，後所遇者爲仙也。次日至廟焚香楮，申謝而歸。

樂器

馮小亭言：杭州顧某家藏一古樂器，木質甚堅，狀若船，長二尺許，高尺許，徑及尺。船舷距寸，駕細木密排如絃，旁有二木棰，首作蓮窠形。手棰捶木絃，具八音。博洽者皆不能名爲何器。

三太爺

任馥堂言：沈蓮叔卸監院篆前，署中帚人見黄鼠狼大如犬，又有大蛇長丈餘，三出簽押房，馥堂亦見之。先是，院中祀狐仙名三太爺，甚靈響，每官將解任，輒見異物，歷試不爽云。又馥堂曾於運司署閲文，寓一院甚軒敞。一夕方寢，忽聞院中步履聲雜沓，急起，少揭捲窗覘之，見物如黄狗而大，約四五十頭，往來遊戲涼篷下。時月影正中，照耀若白晝，有人立而嬉者，有尾而逐者，有哆口摇耳者，不一其狀。幾駭絶，遽掩窗卧，良久始睡去。比醒，已寂然矣。蓋所見亦署中之狐也。予戲爲馥堂曰：「使若輩俱現人形，不便佳耶？」馥堂瞪目曰：「幸渠現本相，已怦心悸魄，若空庭夜半驟見數十人，真膽裂矣。」

宅妖

張樾生言：其宅中某夜打雜者倦卧，覺有物摸其頭，驚而寤，聞外室几上有碗作旋轉聲，是時復若有揭上房門簾者，索之不見。

三足貓

沈琹石言：南中近有三足貓及馬驢猪羊犬諸怪，夜入人家攫人，婦女更受其毒。又有大手如簸箕，空中時來攝小孩及人精魄。又杭郡時聞當空兵甲聲，不知信否也。

文曲星

餘杭姜聯陞未第時，家中延一師課其弟。一夕弟猶夜讀，師方就寢，忽聞其弟噭然有聲。急起視，已失其弟，見一長大黑人踞坐椅上，遂大喊，燈驟滅。家衆奔入，則黑人已杳，其弟暈絶地上矣。灌之甦，述所見，披案上書，有鮮血一塊。其家因大駭，次日召巫問之。巫賀曰：「此非妖，乃文曲星出現。老爺在京必聯捷矣。」衆猶未信也，而泥金帖至。至今書上血跡猶存。

祝由科

祝由科，辰州最盛。某年本處校場閱兵，一人目集流矢，鏃堅不得出，急訪得一業祝由科者，乃龍鍾老嫗也，至即命縛傷者於東楹，己立西楹咒之，觀者環嫗左右。咒移時，嫗命觀者少遠，立即大叱一聲，急側其首，傷者目中矢立飛出，返射中西楹，入寸許，去嫗鬢才數寸。衆大駭，視傷者目，仍完好無創痕。又聞祝由科能咒清水，以箸挑之，凝若飴，服之巨創立愈。初，江西張真人處有法官至吾鄉，在廟宫戲臺作法，臺下觀者麇集。法官以瓦器熾炭其中，表裏通紅，掇至掌中，行數周，便以袍袖拂之，火頓滅，瓦器即冷，若未嘗熾炭者。又手舉城磚，厚二寸餘，望空力擲，正當觀者之頂。方羣駭間，磚即碎落若粉。後沉鐵符海中，借沙築塘，其法頗驗。

狐

俞襲芸曾言：其六七歲時，寓杭城某寓。傍晚登樓，適有物從梯直下，毛如雪，大如貓數倍，見人返走上樓。襲芸戲追之，物遽入門隙而滅。後知其爲狐也。

石窖

平仲言：浦城有池，下鋪石板，相傳窖金。某歲有人竭水探視，石將啟，忽疾雷暴雨，遂不敢發。

某總督

京之言：某公爲縣令時，受賄三千金，逼一孀婦改醮，婦不從，自刎死。後某公洊升至某省總督，方蒞任，藩臬及道府各員均遞手帖稟見。忽中有署理某省城隍某名帖，某公甚異之，令閽人獨傳見。至則一官着缺衿袍，作行裝，對公曰：「此處非談事所。」遂偕至一静室對坐，城隍徐問曰：「公向得賄逼嫁事頃發矣，特不知其賄係官親、閽人得之，抑公自用？」某公聽聞，覺遍體森然，若霜着背，即謝曰：「向實因境迫，某自用之。」城隍曰：「既用乎？」便喝一聲：「挐！」陰風振窗，紙聲獵獵，城隍杳而某公斃矣。

痘兒哥哥

高嘯琴同年言：渠素有胃脘痛之症，由來三十餘年。後夢一人告以方，曰用大棗、檀香搗匀，敷患處。醒甚異之，翌日如法敷之，果愈。後竟以棗一兩，去皮核，配以檀香一錢，搗匀作丸，吞之入腹，即愈。屢發屢驗，真仙方也。傳服數人，無不應手立效。然餘患總不能除其根柢。近發服之，如水投石矣，豈衰老病深，二味不能爲力耶？

又嘗避寇上海外家，外姑有佛堂一所，常以時花供養。一日囑某往購，時已入冬，苦無花卉。尋至北門，有假山一盆，大不過一卷，上栽雁來紅數千枝，即俗云老少年也，大不及寸，小者僅二三分許，五色皆備，嬌艷異常，以錢七百購之而歸。後購求數年，終不復遇，亦一奇物也。

又云：孩子出痘，必有小鬼，俗呼爲痘兒哥哥。戊寅冬，渠一女甫週歲，發痘甚危。醫云：臥室外須置耍貨數事，以供鬼玩時不擾患者。某如言貯於門外。一夕小鐃小鼓競敲聒耳，良久寂然，女之痘漸結痂而愈矣。

又云：渠宅後園中有池，平昔栽花蒔竹，歲畜魚數十頭。年久花木荒廢而池魚尚存。一日水涸，工人獲魚十數尾，不盈尺，脣外有脣，大如盞，長斜圓曲不等。恐有毒，不敢食，工人私食之，亦無他故。